集英社オレンジ文庫

諦めない男

～警視庁特殊能力係～

愁堂れな

本書は書き下ろしです。

諦めない男

警視庁特殊能力係

AKIRAMENAI OTOKO

Rena Shuhdoh

1

見つけた。間違いなく、写真の男だ。

ごくり、と麻生瞬《あそうしゆん》の喉《のど》が鳴る。東京駅八重洲《やえす》中央口の改札から次々吐き出されてくる乗客の中、瞬は確かに、何百人もの指名手配犯のデータを集めたファイルにあった、強盗傷害罪で三年前に指名手配された米沢一生《よねざわかずお》の顔を見出《みいだ》した。

見失わないように注意しつつ、スマートフォンをポケットから取り出し、即、かける。

「駅の外に出ます。合流願います」

『わかった』

通話は数秒。これもまたいつものことだった。瞬はスマートフォンをポケットに戻すと人波に紛《まぎ》れそうになる米沢の背を必死に目で追っていった。

米沢は八重洲中央通りから、どうやら長距離バスの乗り場に向かっていることがわかった。薄闇の中、黒いジャンパーに黒いキャップを被《かぶ》った彼の姿が、東北行きのバスに乗り込んでいくのを瞬が確認したそのとき、背後からぽんと肩を叩かれた。

「お疲れ様です」

相手を予想し、挨拶《あいさつ》しながら振り返った瞬の目に、相変わらず人目を引く整った容貌《ようぼう》の彼の上司、徳永潤一郎《とくながじゅんいちろう》の端整な顔が映る。

かっちりと整えられたオールバックの髪。縁無《ふちな》し眼鏡《めがね》が理性と知性を感じさせる。身長は百八十センチ超と高く、頭が小さく足が長い優れた容姿の持ち主である。

「米沢か」

顔もいいが、徳永は声もいいのだった。目立たないように抑えた声音《こわね》で問われたのに、瞬は「はい」と頷《うなず》くと、次なる指示を予測し、スマートフォンをポケットから再び取り出した。

「小池《こいけ》に連絡を。俺は奴が車を降りないか見張っている」

「わかりました」

バスから離れ、捜査一課の馴染《なじ》みの刑事、小池に電話を入れる。

『相変わらず凄《すご》いな』

小池はそう感心したあとにすぐ逮捕に向かうと告げ、電話を切った。再び瞬がバスの近くに戻ると、気づいた徳永がニッと笑いかけてくる。

「今月に入って三人目か。絶好調だな。さすがは『忘れない男』だ」

「からかわないでくださいよ」

配属された半年前は、こんな軽口を叩くような関係になれるとは思わなかった。徳永の第一印象は『クール』の一言、たった二人のチームと知らされ、やっていけるだろうかと途方に暮れたものだった。

それが今は、と瞬が見やった先、徳永の表情に緊張が走る。

「米沢の様子がおかしい。小池に連絡を」

「はい！」

和《なご》んでいる場合ではなかった、と瞬は慌ててスマートフォンを取り出し、今、こちらに向かっているはずの小池に再びかけはじめたのだった。


瞬は今年警察学校を卒業したばかりの新米刑事である。新人の最初の配属先が本庁——警視庁となることは稀《まれ》なのだが、瞬の配属先は本庁、その上、『花形部署』と警察官皆が憧れる捜査一課だった。

しかし彼のデスクは、捜査一課のフロアにはない。地下二階、書庫内に二つ並んだ机のうちの一つが彼のもので、所属しているのは捜査一課内の『特殊能力係』、通称『特能』だった。

『特能』の仕事は、通常の捜査活動ではなく、過去の指名手配犯の顔を覚え込み、街中で張り込むといういわゆる『見当たり捜査』である。

約五百名の指名手配犯の顔をすべて覚える。抜群《ばつぐん》の記憶力が求められるため、それが『特殊能力』と見なされているのだが、なんとも運のいいことに瞬は、生まれたときからその能力を身につけていた。

一度見た人間の顔は忘れない――それこそ何年経とうが、一度でも会った、もしくは見かけた人の顔は、瞬の記憶に刻まれている。

名前も然《しか》りで、年数が経っている場合は、どこの誰であるか、思い出すのに時間がかかることもあるとはいえ、忘れることはない。『特能係』はそんな、『特殊能力』の持ち主である彼にはうってつけの職場といえた。

「いやあ、徳永さんの機転で助かりました。さすが三係のもとエース。課長も興奮してましたよ」

三年前に全国指名手配された強盗犯、米沢は、東北行きの長距離バス内で乗客に彼と気づかれたため、人質をとりバスジャックを企《くわだ》てようとした直前に、バスに乗り込んだ徳永により逮捕された。

バスジャックを未然に防いだ上、一人の怪我人《けがにん》も出さなかったことを捜査一課長の斉藤《さいとう》がいたく評価し、おそらく警視総監に表彰されるのではと言っていた、と、それを伝えに小池が地下二階の特能係までやってきて、二人しかいない係のメンバー、係長の徳永と唯一の部下の瞬と共に、コーヒーを飲んでいるところだった。

「何がエースだ」

徳永が愛想なく言い捨て、ジロ、と小池を睨《にら》む。

「こんなところで油を売ってないで、とっとと仕事に戻れよ」

「斉藤課長の『お礼を言ってこい』という命令に従って来てるんですから、これも仕事ですよ」

小池は言い返したが、徳永にまた睨まれたことで、腰を上げる気になったらしい。

「気難しい上司で苦労してないか？　愚痴《ぐち》りたくなったら声かけろよ。飲みでも道場でも付き合うぞ」

小池は所謂《いわゆる》『強面《こわもて》』なのだが、笑うと一気に親しみやすい顔となる。常に表情を崩さない徳永とは対照的なキャラクターではあるが、かつて捜査一課三係内で先輩後輩の間柄だった徳永を慕《した》い、よく特能係に遊びに来る。

瞬のことも気に入ってくれているようで、今、彼が言ったように飲みや道場にも頻繁《ひんぱん》に誘ってくれ、職場から徒歩圏内にある徳永の家で三人で飲み明かす、ということもたまにあった。

「ありがとうございます。道場、いいですね」

「おう。お前も四段、受けてみろよ」

それじゃあな、と小池が瞬に声をかけ、徳永にも「失礼します」と会釈《えしゃく》をして部屋を出ようとする。

「あ、そうだ」

と、ドアを開きながら小池は何かを思い出したらしく、動きを止め、徳永を振り返った。

「F刑務所で親しくしている職員から連絡があったんですが、浦井《うらい》、明日出所だそうです」

「……そうか」

徳永はいつものように淡々と返事をしたのだったが、それを聞いたときに彼が一瞬、目を見開いたのが瞬の印象に残った。

「時間は？」

「九時だったか十時だったか……確認しましょうか？」

徳永の問いに小池が答えきれずに問い返す。

「いや、いい。知らせてくれてありがとう」

徳永が唇を引き結ぶようにして微笑《ほほえ》み、頷く。

「あ、はい。それじゃ、また」

小池も違和感を覚えたのか、何か言いかけたが、徳永が目を逸《そ》らしたので躊躇《ためら》ったらしく、そのまま部屋を出ていった。

「さて、我々も帰るとするか」

徳永がそう声を上げ、立ち上がる。

「あの……」

どうも今のやりとりは気になる。瞬は勇気を出して徳永に問うてみることにした。

「なんだ？」

「さっきの……浦井って誰なんです？」

「…………」

徳永の視線が瞬へと向けられる。

「あ、すみません。聞いちゃいけない件でしたか？」

徳永の顔から表情が消えたことで、もしや触れてはいけないことだったのかと瞬は案じ、慌ててそう問いかけた。

「いや、かまわない」

徳永の顔に笑みが浮かぶ。が、どうにも『作った』感がある、と瞬はつい、注目してしまった。

「以前、俺と小池で逮捕した男だ。罪状は殺人未遂《みすい》。他に聞きたいことは？」

「いえ……すみません」

言葉でも態度でも、拒絶されている感じはしない。だが、徳永の醸《かも》し出す雰囲気《ふんいき》がそれ以上質問をするのを瞬に躊躇わせた。

「謝ることはない」

徳永はふっと笑ってそう告げると、

「それじゃ、お先に」

いつの間に支度《したく》を終えたのか、部屋を出ていく。

「お疲れ様です」

やはりなんだか違和感がある。あんな徳永は今まで見たことがないような。

『浦井』というのは誰なのか。犯罪者のデータベースで検索してみようかと思ったが、こそこそ探っているようで気が咎《とが》める、とパソコンを立ち上げたあとに思い留まった。

明日、また聞いてみよう。瞬はパソコンをシャットダウンし席を立つと、彼もまた帰路についたのだった。

翌朝、出勤した瞬の机の上には、一枚のメモが載っていた。

『午前中は所用で出かける。麻生は待機せよ。午後一時に新宿《しんじゆく》駅南口で待ち合わせたし』

「所用……」

本人の印象を裏切らない、かっちりとした端整な文字を見やる瞬の口から呟《つぶや》きが漏《も》れる。

一番に頭に浮かんだのは、昨日小池が言っていた『浦井』の出所だった。確かF刑務所と聞いた記憶がある。

『待機』と書かれているが、来るなとまでは言われていない。考えたのは一瞬で、瞬はメモを手に部屋の外へと飛び出していた。

電話やメールでもすむ用件を、徳永がわざわざ手書きのメモにした理由はおそらく、早めに知らせれば自分が刑務所に行きかねないと考えたからではないか。

幸い、昨日はあまりよく眠れなかったために、いつもより早く出勤できていた。これからF刑務所に向かえば、徳永を見つけることができるのではないか、と、駅への道を走る。

徳永の『所用』がまるで別のものである可能性もゼロではないが、やはりこれしかないだろう。都下にある刑務所だが、もし空振《からぶ》りだったとしても、午後一時の新宿での待ち合わせには余裕で間に合う。

しかし、と地下鉄に乗ったあと瞬は今更の逡巡《しゅんじゅん》をしていた。

勢いで出てきてしまったが、徳永は自分を見てどんな反応を示すか、心配になってきた。許可を得たわけではない。どう考えても徳永は来てほしくないと思っているはずだ。

それがわかっていて行こうとしているというのはどうなんだ、と瞬は反省したものの、それでも地下鉄を降りて警視庁に引き返そうという気にはどうにもなれなかった。

もし、徳永がいたとしたら、遠目に見守ればいい。徳永に気づかれないように行動できる自信はなかったが、距離をとればなんとかなるのではないかと思う。

F刑務所前まで行き、待機しよう。確か『浦井』という名の受刑者の出所時刻は九時か十時ということだった。

九時には間に合わないが、十時過ぎても何事もなかったら新宿に引き返せばいい。そうしよう、と瞬は心を決めると、まだ混雑している地下鉄に揺られ、F刑務所の最寄り駅を目指したのだった。

約一時間後、瞬はF刑務所に到着した。受刑者が出てくるのは確か、と出入り口へと向かおうとした瞬の前でちょうど門が開き、若い男が刑務官に連れられ外に出る。

『戻ってくるんじゃないぞ』

ドラマや映画では確か、受刑者はそんな台詞《せりふ》を言われていたが、誰も声を発することはなかった。

辺りに人通りはなく、自分が思いきり目立っていることに瞬は気づき、そのまま通行人として足早に通り過ぎることにする。

「あ」

擦れ違おうとしたまさにその瞬間、若い男が声を発したことに驚き、瞬は思わず足を止めてしまった。

だが次の瞬間、男の視線が自分を通り越して前方に向いていることに気づき、彼の視線を追う。

「お疲れ様。よく頑張ったね」

トレンチコートを着た長身の男が、笑みをたたえていた。真面目《まじめ》な印象を与える若い男で、幅の太い黒い鞄《かばん》を下げている。

「鮫島《さめじま》先生。来てくださったんですね」

刑務所から出てきた若い男が、トレンチコートに駆け寄っていく。『先生』ということは弁護士かなと、つい目で追っていた瞬だったが、

「何か？」

とコートの男に問われ、慌てて首を横に振った。

「いえ、すみません。なんでもありません」

「君、マスコミか何か？」

厳しい顔となった男が、つかつかと近づいてくる。

「出所を聞きつけて来たのか？」

「いえ、違います。本当にただ通りかかっただけで……」

「こんな場所を？」

今や男は瞬のすぐ前まで来ていた。目には強い光があり、眼差《まなざ》しは射貫《いぬ》くようである。

男の背後で、もと受刑者の若い男が心配そうに見つめている。

「浦井くん、大丈夫だから」

視線を感じたのか、男が振り返り呼びかけた名を聞き、やはり彼が『浦井』か、と、瞬は思わず顔をまじまじと見てしまった。

「だから、なんなんだ、君は」

途端にトレンチコートの視線が瞬へと移り、ますます厳しい目で睨まれる。

「あの、本当に通りすがりなので……っ」

ここはもう、誤魔化《ごまか》して逃げるしかない、と瞬が言い捨て、駆け出そうとしたそのとき、

「何をしている」

背後から聞き覚えのありすぎる声がし、ポンと肩を叩かれる。

「あっ」

振り返るまでもなく声の主がわかった瞬は、慌てて詫《わ》びの言葉を告げようと息を吸い込んだ。

「……あなたは……」

だが瞬が声を発するより前に、目の前のトレンチコートの眉間《みけん》に縦皺《たてじわ》が寄り、瞬の背後にいる男の名を告げる。

「確か徳永さん……でしたか。浦井君を逮捕した」

「弁護士の鮫島さんですね。私の部下が失礼しました」

徳永が頭を下げるのを見て、瞬は慌てて彼に倣《なら》い頭を下げた。

「部下……警察官だったのですね。マスコミではなく」

トレンチコートの男は、鮫島という名の弁護士だとわかった、と瞬は顔を上げ彼を見た。と、安堵《あんど》したような顔をしていた鮫島と目が合う。

「大変失礼した。しかし君も『通りすがり』ではないよな?」

鮫島の声は未だ厳しい。嘘をついたことはよくなかった、と瞬は慌てて再び頭を下げた。

「も、申し訳ありません」

「私がそう言えと指示しました。本来なら声はかけずにおこうと思っていましたので」

瞬の声に被《かぶ》せ、徳永が淡々とそう告げる。

「……っ」

どうしてそんな嘘を、と驚いたせいで瞬は顔を上げそうになったが、徳永に頭を押さえ込まれ、かなわなかった。

「様子を見にいらしただけと、そういうことですか」

鮫島の声は相変わらず硬い。溜め息交じりにそう言ったかと思うと、

「いいですか」

と改めて語り出した。

「浦井君は刑期をまっとうしました。彼はもう、罪を償《つぐな》ったのです。今日から彼の新たな人生が始まります。どうか考えなしの行動で彼の前途を邪魔しないでもらえますか？　刑事に未だ付き纏《まと》われているなどという評判を立てられたくないんです」

既に徳永の手は瞬の頭の上になかったので顔を上げることができたのだが、見やった先では鮫島が実に真剣な表情で徳永に訴えかけていた。

真摯《しんし》な瞳。真摯な声音《こわね》。彼の言っていることは正しい。しかし責められるべきは徳永ではないのだ。

それを言わねば、と瞬は口を開きかけたのだが、それより前に喋《しゃべ》り始めた人がいた。

「先生、いいんです。刑事さんが疑う気持ちもわかります」

口を開いたのは浦井だった。細い声音は力なく、投げやりにも感じられる。

「浦井君」

鮫島がはっとしたように彼を振り返る。

「美貴《みき》を殺した犯人はまだ逮捕されていない。刑事さんは僕がまた奴を襲うつもりではないかと案じているのでしょう?」

「……え?」

まるで話が見えない。それで瞬は微《かす》かに声を上げてしまったのだが、彼に意識を向ける人間はこの場にはいなかった。

「そういうわけではありません。犯人が未だ逮捕されていないことを、あなたにお詫びしたいとは思っていましたが」

「詫びなどいりません」

頭を下げた徳永に対し、浦井はそう言うと、ぼそ、と言葉を足した。

「もう……忘れました。美貴のことは」

「…………」

徳永が顔を上げ、浦井を見る。浦井もまた徳永を見返したが、すぐに、すっと目を逸《そ》らした。

「鮫島先生、行きましょう」

「あ、ああ」

呼びかけられた鮫島は、はっとした顔になったあと、笑みを浮かべ浦井に頷《うなず》いた。

「車で送るよ。それでは刑事さん、くれぐれも配慮《はいりょ》なき行動は慎《つつし》んでください」

一方、徳永に向ける視線は厳しい。鮫島は最後にジロ、と瞬をも睨《にら》み、浦井の背を促すようにして少し離れたところに停車してある彼の車へと向かっていった。

「…………」

なんとなくその背を目で追っていた瞬は、後頭部を軽く叩かれ、はっとして徳永を振り返った。

「申し訳ありません!!」

無断で来たことをまだ詫びていなかった、と慌てて頭を下げる。

「……まあ、来るだろうなとは予測していた」

呆《あき》れたように溜め息をついた徳永は、瞬が顔を上げると今度は額をピンッと弾いて寄越した。

「痛」

「帰るぞ」

額を押さえている間に徳永は踵《きびす》を返していた。

「あ、はい……っ」

足早に歩いていく徳永のあとを瞬は焦って追いかけた。隣に並んで歩きながら、ちらと徳永の表情を窺《うかが》う。

聞きたいことは山のようにある。しかしどう切り出せばいいのか。迷っていた瞬の耳に徳永の、いつもとまるで変わらない淡々とした声が響く。

「今夜は空いているか?」

「え?　あ、はい!」

一瞬、わけがわからなかったが、すぐに瞬は徳永が、勤務後に話すと言ってくれているのだと察した。

「空いてます。空きまくりです」

「まくらなくていい」

また、ぽん、と後頭部を軽く叩かれたあと、徳永はまるで何事もなかったかのように話題を変えてきた。

「少し早いが新宿に向かおう。その後は六本木《ろっぽんぎ》にするか。今日も気を抜くなよ」

「はい」

まずは自分の仕事に——『見当たり捜査』に専念しろ。話はそのあとだと言いたいのだろう。

叱責《しっせき》されても仕方ないところを見逃してくれただけでなく、瞬の疑問にきっちり正面から向き合ってくれようとしている。やはり得がたい上司だ、と瞬は心の中で密かに徳永への尊敬の念を募《つの》らせた。

尊敬する徳永を失望させることがないよう、今日も頑張ろう。拳を握り締めた瞬は、そのやる気を徳永に示したいと思い、ちらと彼を窺い見た。

「………」

いつもであれば徳永は瞬の視線に気づき、何かしらのリアクションを取ってくれる。だが今、彼の視線は前方に向いており、瞬を見返すことはなかった。

何かを考えているようだ。一体何を？

瞬の頭に先程会ったばかりの二人の男の顔が浮かぶ。

しまった。今は考えるべきではない。夜を待てば話が聞けるのだから。今、考えねばならないのは指名手配犯をいかにして見つけ出すかということだ。

己を叱咤《しった》すると瞬は、頭の中から二人の顔を——鮫島という弁護士と浦井の顔を追い出そうとしたのだが、一度見た人間の顔は忘れることがないという『特殊』な能力ゆえに、なかなかそれができないというジレンマに、暫《しば》し陥《おちい》ることになってしまったのだった。


その日の見当たり捜査で瞬は、六年前に指名手配された窃盗犯《せっとうはん》を六本木で見つけることができ、無事逮捕に繋《つな》がった。

「お疲れ」

六時を回ったところで徳永は業務の終了を告げ、約束どおり瞬を飲みに誘ってきた。

「神保町《じんぼうちょう》の餃子《ギョーザ》でいいか？」

「三幸園《さんこうえん》ですね。勿論《もちろん》！」

その日最後に張っていた場所が神田《かんだ》だったこともあり、徳永は以前も連れていってくれた餃子の美味しい中華料理店をセレクトしたが、彼がその店を選んだのは味が美味しいという理由に加え、早い時間だと三階の座敷が貸切状態になるからだと思われた。

前に連れてきてもらったときは、突発的な出来事があり途中で帰らざるを得なくなったのだが、そのときにも餃子を食べることはでき、非常に美味しかった、と瞬は思い出し、今日はとことん、味わおうと店に入る前から心を決めていた。

店に到着し、三階に案内されると徳永がビールと餃子を頼み、すぐに来たビールで二人、グラスを合わせた。

「お疲れ。今日もよくやったな」

「ありがとうございます。無事逮捕できてよかったですね」

それから餃子が来るまでの間は、今日の捜査の反省点などを話し、来てからは暫《しばら》く餃子を堪能《たんのう》し、他の料理の注文なども行ったりして、あっという間に三十分が経った。

「……あの……」

料理も一段落し、酒も紹興酒《しょうこうしゅ》のボトルをもらったために店員が来ることもなくなった状態になってから瞬は、そろそろ話題を今朝出所した浦井に持っていっていいだろうか、と徳永に問おうとした。

「浦井の話だな?」

徳永が瞬に問い返し、紹興酒のグラスを一気に呷《あお》る。

「すみません、勝手に刑務所まで行ってしまって」

まずは謝罪だ、と瞬は居住まいを正し、徳永に向かい頭を下げた。

「まあ、行くよな、あれでは……」

徳永が自分で紹興酒をグラスに注ぎながら苦笑する。

「小池にも謝られたよ。不用意に喋ってしまったと」

「え？　小池さんが？」

徳永がクレームでも入れたのかと考えたのがわかったらしく、徳永はグラスを口へと運びながら、ジロ、と瞬を睨んでくる。

「弁護士から抗議の電話があったそうだ。上司にも怒られたと言っていた」

「弁護士……鮫島さん、でしたっけ」

確かに凄《すご》い剣幕ではあった。マスコミ関係者と勘違いされ、糾弾《きゅうだん》されかけたことを思い出した瞬は、彼を『凄い剣幕』にさせたのは自分か、と今更のことに気づき、慌てて徳永に対し深く頭を下げた。

「すみません！　俺が怒らせたせいですよね！　本当に申し訳ありません！」

「だからお前は声がでかいんだよ」

トーンと落とせ、と徳永が瞬を睨みつつ、彼のグラスにも紹興酒を注ぐ。

「あ！　すみません！」

「だから静かにしろ」

まずは飲め、とボトルを振ることで合図した徳永の前で瞬は、

「いただきます」

と温かな紹興酒を飲んだあとに、意識して声のボリュームを絞《しぼ》り、改めて徳永に頭を下げた。

「申し訳ありません。もともと徳永さんは物陰から見ているだけのつもりだったんですよね……」

そのようなことを言っていた、と項垂《うなだ》れる瞬の肩を、テーブル越しに徳永がぽんと叩いて顔を上げさせる。

「様子を見てコンタクトを取れそうだったら取るつもりだった。もう気にするな」

「しかし……」

自分のせいでクレームが届いたとわかっては、気にしないではいられない。小池にも謝らねば、と思い詰めていた瞬は、普段の彼であれば聞き咎《とが》めていたであろう今の徳永の発言をそのまま流してしまった。

「謝罪はもういいから。浦井が逮捕された事件について、説明してほしいんだろう？」

徳永が面倒くさそうな顔になりつつ瞬に問う。

「はい」

瞬としてはまだ謝り足りなかったが、話を聞きたいという気持ちが勝《まさ》った。それゆえ頷くと、徳永は、それでいい、と微《かす》かに微笑《ほほえ》んでみせたあとに、紹興酒を一口飲んでから話を始めた。

「浦井はもともと、被害者の兄だった。彼の妹が五年前、何者かに殺害されたんだが、浦井は彼が妹殺しの犯人と思い込んだ男を襲い、殺人未遂《みすい》の罪で逮捕されたんだ」

「美貴さんというのは妹さんだったんですね」

浦井が徳永に告げた言葉から、そういうことではないのかとうっすら推察していた瞬だったが、恋人ではないかと考えていた。

「ああ。犯人は未だ逮捕されていない」

徳永がまた、紹興酒を呷る。彼の表情は今、酷《ひど》く厳しいものになっていたが、それは殺人犯を未だ野放しにしていることへの自責の念がさせているものではないかと瞬は感じた。

「浦井さんが殺そうとした相手は、犯人ではなかったのですか?」

そもそもなぜ浦井はその人物を『犯人』とみなしたのか。疑わしいところがあったからだと思うのだが、と問いかけた瞬に徳永が、

「その男には完璧《かんぺき》なアリバイがあったから、犯人ではないはずだ」

とまた、紹興酒を自身のグラスに注ぎながらそう告げる。

「……？」

何か、奥歯にものが挟まったような言いようだ、と違和感を覚え瞬は徳永を見つめた。と、徳永が紹興酒のボトルを手に立ち上がり、階段のほうへと向かっていく。

「すみません、紹興酒、もう一本。熱燗《あつかん》で」

階下にいる店員に向かい、徳永が声をかけたのを聞いて、もう一本、飲んでしまったのかと瞬は驚き、思わず徳永の後ろ姿を見やってしまった。

「今夜は飲むぞ。お前も飲め」

視線を感じたのか、徳永が振り返り、ニッと笑いかけてくる。

「あ……はい」

長い夜になりそうだ――今まで見たことのない徳永の様子を目の当《ま》たりにし、そう予感した瞬の脳裏《のうり》には、終始俯《うつむ》いていた浦井の削《そ》げた頰《ほお》が浮かんでいた。

2

「事件の詳細はこうだ」

紹興酒のボトルが届くと、徳永はまた自分と瞬のグラスに注いだあと、口を開いた。

「浦井の妹、美貴さんは当時二十三歳。大手不動産会社勤務の事務職だった。会社帰りに行方《ゆくえ》不明となり、三日後、遺体が奥多摩《おくたま》の山中で発見された。死因は頸部《けいぶ》圧迫による窒息《ちっそく》死《し》。絞殺《こうさつ》だ。首には縄状のもので絞《し》められた痕が残っており、性的暴行を受けた形跡もあった」

「……むごいですね」

暴行され、首を絞められて殺された上で山中に遺棄《いき》された。瞬に妹はいないが、もし自分の妹がそんな悲惨《ひさん》な殺され方をしたら、犯人を殺したいほど憎むに違いない。

気づかぬうちに拳を握り締めていた瞬に徳永が、「ああ」と頷《うなず》く。

「その上、犯人は未だ逮捕できていない。浦井が犯行に及んだ責任は我々警察にある。美貴さん殺しの犯人を挙げていれば起こり得なかったことだからな」

抑えた声音《こわね》ではあったが、徳永の表情にはこれでもかというほどの自責の念が表れていると瞬は感じ、何も言えなくなった。

暫しの沈黙が訪れる。

「浦井の犯行について説明しよう」

沈黙を破ったのは徳永だった。相変わらず速いピッチで紹興酒を飲みながら、淡々とした口調で話し続ける。

「警察の捜査は手詰まりとなり、ひと月経っても犯人の目星をつけることすらできずにいた。警察に任せてはいられないと浦井は思ったんだろう。美貴さんの勤務先の最寄り駅で目撃者を募《つの》るビラを配ったり、美貴さんの友人や会社の同僚に話を聞きに行ったりと、自分で犯人を捜そうとし始め、結果、美貴さんの勤務先の上司を犯人と思い込んだ」

「その人は容疑者だったんですか？」

おそらくそうだろうと思い、瞬は問うたのだが、徳永の答えは瞬の予想を裏切るものだった。

「上司は——西園寺《さいおんじ》という名だったが、彼は美貴さんが亡くなった日は大阪に出張中で、鉄壁のアリバイがあり、早い時点で捜査対象からは外れていた。なぜ浦井が西園寺を犯人と思い込んだかについては、浦井が自白をしていないので謎のままだ。ただ、犯行に及ぶ前に浦井は警察に西園寺の捜査をしてほしいと働きかけている」

「アリバイがあることは勿論、伝えたんですよね？」

瞬の問いに徳永は「ああ」と頷いたあと、心持ち苦々しい表情で言葉を続けた。

「しかし浦井は信用しなかった」

「信用しない？　警察の捜査を？」

驚いたせいで瞬の声が高くなる。

「それだけ警察に対して思うところがあったってことですか？　犯人が逮捕されていないことで……」

しかしそうであるのなら、西園寺の捜査を警察に依頼してこないのではないか。矛盾《むじゅん》を感じていた瞬の前で、徳永の顔にまた、苦々しい表情が上る。

「その気持ちもあっただろうが、最大の理由は西園寺の父親にある。西園寺成政《なりまさ》を知っているな？」

「勿論知ってます。有名な政治家ですから……って、あ！」

もしや浦井が警察の捜査を信用しなかった理由は、と思いついた瞬に、徳永が、

「そうだ」

と頷いてみせる。

「浦井に殺されかけた西園寺譲《ゆずる》は、西園寺成政の息子だった。三男坊でね。警察の捜査など意のままになる、アリバイに関しても工作したのだろう、と浦井は思い込んでしまった」

「実際はどうだったんですか？」

瞬としてはさほど考えずに口にした問いだったのだが、その瞬間、徳永の顔が今まで見たことがないほど厳しいものになったため、いかに愚問《ぐもん》を発してしまったかを悟ったのだった。

「西園寺のアリバイを調べたのは俺だった。彼が大阪入りしてから帰京するまで、可能な限り——それこそ、一時間おきに裏を取り、事件当日彼は大阪を出ておらず、東京での犯行は不可能であることを確認した」

「……すみません。疑ったわけではないんです」

言い訳めいていると思いつつ、頭を下げた瞬の目の前、彼のグラスに紹興酒《しょうこうしゅ》が注がれる。

飲め、ということかとグラスを手に取ると、徳永はそれでいいというように頷き、再び口を開いた。

「西園寺のアリバイが成立していることは浦井にも再三説明したが、彼は頑《かたく》なに聞き入れず、西園寺を会社前で待ち伏せ、出てきたところをナイフで切りつけ怪我《けが》を負わせた。致命傷に至らなかったのは、西園寺と共に会社を出た女性が悲鳴を上げたのを聞いた警備員が即座に駆けつけ、浦井を取り押さえることができたからで、それがなければ西園寺は間違いなく殺されていたことだろう」

「……なぜ浦井はそうも西園寺を疑ったんでしょう？　西園寺は亡くなった彼の妹の上司でしたっけ？　それ以上の関係があったんでしょうか？」

妹を殺す動機があるとでも思い込まない限りは、アリバイを捏造《ねつぞう》と疑いはしないのではないか。そう考え問いかけた瞬に対する徳永の答えは、

「それ以上の関係は『ない』というのが当時の捜査で出た答えだった」

という、瞬の予想を裏切るものだった。

「それだとますますわからなくなります。なぜ、浦井は西園寺を犯人と思い込んだんでしょう？　妹さんから何か聞いていたんでしょうか。パワハラやセクハラを受けていた、とか……」

そうでなければ西園寺に固執する理由がわからない。首を傾《かし》げつつ尋ねた瞬だったが、徳永もまたその答えを持ち合わせていなかった。

「わからない。現行犯逮捕だったこともあり、犯行について浦井は認めているが、動機については判決まで黙秘を貫いたから」

「……なぜでしょう?」

その答えもわからないであろうと思いつつも、問わずにはいられなかった瞬に、

「わからん」

徳永は淡々と答えると、くい、とグラスの紹興酒を呷《あお》った。

「西園寺側は何か言ってるんですか?」

少なくとも恨み言は言っているに違いない。犯人扱いされた上に殺されかけたのだ。刑事以外に民事でも裁判を起こしているのではないか——という瞬の予想はこれもまた外れた。

「西園寺も黙《だん》りだ《ま》」

「どうして?」

あまりに不思議すぎて、タメ語となってしまった。すぐに瞬は気づき、慌てて問い直した。

「ど、どうしてですか? 何か後ろ暗いところがあったとか?」

それ以外に考えられない。となると西園寺が犯人という可能性も出てくるのでは。本人

が殺さずとも金で人を雇うという選択肢《し》はあっただろうし。

瞬はそう思いながら問いかけたのだが、徳永の答えを聞き、そういうことか、と納得せざるを得なくなった。

「父親の選挙の時期と重なっていたからだということだ。ニュースにはなりたくないと、この件に関してはマスコミに箝口令《かんこうれい》が敷かれた記憶がある。被害者である西園寺の名は決して出さないようにという」

「選挙ですか……」

そういうことか、と頷いた瞬の前で、徳永が苦々しい表情で言葉を続ける。

「それまでも協力的ではなかったんだが、投票時期直前から、事件には一切触れるなという箝口令がマスコミに対して敷かれた。浦井は犯行を認めているのでそのまま彼は起訴され、服役した。記憶では懲役《ちょうえき》八年だったはずだが、模範囚だったので刑期が短縮されたんだろう」

「そう……だったんですか……」

瞬の脳裏《のうり》に、午前中に会った浦井の顔が浮かんだ。

『もう……忘れました。美貴のことは』

力なくそう告げていたが、本当に彼は『忘れる』ことができたんだろうか。未だ、妹を殺した犯人は逮捕されていないというのに。

「……まだ彼は、西園寺が犯人だと思っているんでしょうか……」

瞬の問いに徳永は一瞬、遠くを見る目になった。が、すぐ、

「わからん」

と首を横に振りグラスを呷った。

「しかし」

タンッと空《から》になったグラスをテーブルに下ろした彼が、そのグラスを見つめたまま、ぽつ、と呟《つぶや》く。

「今日、顔を見た感じではおそらく……」

「…………」

『おそらく』のあと、徳永は何も言わなかった。が、瞬は彼が何を考えているか、容易に推察することができた。

『もう……忘れました』

浦井のあの言葉は嘘だ。伏せがちだった彼の瞳の中には未だ、昏《くら》い焔《ほむら》が立ち上っているように瞬には感じられた。

「……あの……」

徳永としては、浦井の動向を追いたいのではないかと思う。しかし、と声をかけてから瞬は、自分がその機会を潰したという事実を思い出した。

「……本当に申し訳ありません」

「謝罪はもういい。俺も悪かったんだから」

徳永が煩《うるさ》げに眉《まゆ》を顰《ひそ》める。

「しかし」

「遠目に見たところで結論は同じだっただろうしな」

「え？」

意味深な徳永の発言を聞き咎《とが》めてしまった瞬の前で、徳永がやれやれといった顔になる。

「俺も学習しないな。酔っ払ったか。またお前の好奇心を煽《あお》ってしまった」

「あ、いや、そんな。好奇心なんて持ってませんので……っ」

慌ててそう言いながらも、我ながら嘘くさいと感じたのがわかったのか、徳永が噴き出し、瞬の額を小突いてきた。

「刑事が嘘をつくな」

「はい！　すみません！」

「だからお前は声がでかいというのに」

笑いながら徳永が自分のグラスと瞬のグラス、それぞれに紹興酒を勢いよく注ぐ。そろそろ二本目も空くんじゃないかと、瞬は内心驚きながら、いつにない徳永の飲みっぷりのよさの理由はやはり、浦井が気になるからだろうか、と考えていた。

「あの……」

しかし自分の不注意で、浦井の動向を見守るのは困難になった。弁護士の鮫島からのクレームは無視できない上、浦井自身が彼の言葉どおり妹の事件のことを『忘れ』ているのなら、思い出させるような行動は慎《つつし》むべきだし、彼の社会復帰の妨げにもなりたくはない。

だが、彼がもし再び西園寺を狙うつもりでいた場合、どうすれば防ぐことができるか。

瞬はおそらく徳永も同じことを考えているのではと思《おぼ》しきことを申し出てみることにした。

「今、西園寺はどこに……？　同じ職場でしょうか」

「だと聞いている」

瞬の言いたいことは徳永には正しく伝わったようだった。頷《うなず》いた彼が口を開く。

「明日の見当たり捜査は新宿西口。高層ビル街だ。西園寺の勤務先はSビルにある。彼の写真は明朝までに用意しよう」

「わかりました」

浦井を見張ることができないのなら、浦井に狙われる可能性のある西園寺のほうを見張ればいい。大きく頷いた瞬の前でまた、徳永が一気にグラスを空ける。

「杞憂《きゆう》に終わるといいんだが……」

飲み干したあと、ぼそ、と呟いた言葉は独り言だったのか、それとも自分に向けられたものだったのか、瞬には判断がつかなかった。

「明日も早い。そろそろ帰るとするか」

今度ははっきりと自分に向かい話しかけてきた徳永に瞬は、「はい」と頷き、会計を頼むために立ち上がる。

「ここはいいぞ」

しかし既に徳永は立ち上がっており、上着を手に階下に降りようとしていた。

「出します」

「たいした金額じゃない」

徳永と飲みに行くときはほぼ百パーセント、瞬が支払うことはない。毎度奢《おご》ってもらうのは申し訳ないと、瞬は支払いを申し出るのだが、徳永は「気にするな」と耳を傾けてもくれないのだった。

「すみません、ご馳走様《ちそうさま》です」

今日も奢ってもらってしまった。叱《しか》られて当然のことをしたというのに、と恐縮する瞬

に徳永が、

「気をつけて帰れよ」

と手を振り、ちょうどやってきたタクシーにその手を上げる。

「失礼します！」

徳永を見送ったあと瞬は、まだギリギリ地下鉄が動いている時間だったので近くの駅までダッシュし、最終の電車に乗り込んだ。

混雑した地下鉄に揺られながら瞬は、徳永のことを考えていた。

徳永と飲むことは今まで何度もあったが、今夜の徳永は何かが違った。

徳永は所謂《いわゆる》『ザル』で、酒に強いことは瞬も知っていたが、今夜のような飲み方をしているところは見たことがなかった。

飲まずにはいられないと、そういうことだったのだろうか。

しかし酔っ払っている様子はなかった。飲んでも酔えないというのは実はつらいことなんじゃないだろうか。

ふとそう気づいた瞬の脳裏には、物凄《ものすご》いピッチで紹興酒を飲み干していた徳永の、いつもとまるで違わぬようでいて違和感を覚える、端整な顔が浮かんでいた。

「ただいま」

瞬の自宅は杉並《すぎなみ》にある。リビングに明かりがついていたため、かなり酔ってはいたがおやすみの挨拶《あいさつ》くらいはしようと、瞬はリビングへと向かった。

「うわ、酒くさ」

リビングダイニングの、いつも食事をとるダイニングテーブルでパソコンを開いていた佐生正史《さそうせいし》があからさまに嫌な顔をしてみせる。

佐生は瞬の幼馴染《おさななじ》みで、瞬の両親が父親の転勤で海外に住むことになったのを機に、この家に転がり込んできた。

既に鬼籍《きせき》に入っている彼の父親は、日本人なら誰でも知っているというほど著名な政治家だったが、佐生が小学生のときに母親共々不幸な亡くなりかたをしている。

その後佐生が引き取られたのが叔父叔母《おじおば》宅で、彼の叔父はかなりの規模の総合病院を経営しており、子供がいないためゆくゆくは佐生にあとを継がせようとしていたのだが、佐生には他に夢があった。

叔父のいいつけで医学部に進学はしたものの、本来なりたかった小説家を目指し、投稿《とうこう》を繰り返している。

今まで叔父には反対されていたが、最近ようやく理解を得ることができ、医師免許を取ることを条件に病院を継がずともよいという許しが出たとのことで、今までサボりがちだった大学にも再び通うようになった上、小説のほうにも今まで以上にやる気を出しているため多忙な日々を送っている。

「どうしたの、そんなに酔っ払って」

水、飲むか？　と、立ち上がり、瞬のためにミネラルウォーターのペットボトルを持ってきてくれた佐生に、

「ありがとう」

と礼を言うと瞬は、ドサッとダイニングの椅子《いす》に座り、ごくごくと水を飲み干した。

「祝杯？　自棄酒《やけざけ》？」

呆《あき》れた顔で瞬を見ながら、佐生が問いかけてくる。

「うーん、どうだろう？」

一応、指名手配犯を一人逮捕したので『祝杯』といえないこともないが、そんな気分ではない。しかし『自棄酒』かといわれると、それも違う気がした。

自棄にはなっていなかったように思う、と徳永の様子を思い起こしていた瞬の前で、佐

生がますます呆れた顔になる。

「なんだ、自分でわからないのか？　さては単なる飲み会だな」

「いや……」

そうじゃないんだけど、と答えかけた瞬だが、ならどういう飲みだったのかと問われた場合、答えられないか、と考え、そのまま流すことにした。

「まあ、そうかな」

「もしや合コン？」

誤魔化《ごまか》したことに気づいたらしく、佐生が突っ込んでくる。

「合コンとか、あるわけないだろ」

さすが大学生、考えることが違う、と今度は瞬が呆れてしまったのだが、それは最近佐生が『色気づいた』としか思えないほど、服装や髪型に気を遣うようになったことも関係していた。

「そういうお前はどうなんだよ。合コンとか、あるんだろ？」

揶揄《やゆ》には揶揄を。問い返した瞬に、

「まあ、それなりにね」

と佐生は満更でもないように笑ったあと、

「合コンといえば」

と、何か思い出した顔になった。

「やっぱり行ってるんじゃないか」

身なりにかまわなかった頃の佐生は、伸び放題の長髪を後ろで一つに結び、無精髭《ぶしょうひげ》、という姿だったが、もともと百八十センチを超える長身にすらりとしたモデル体型といっていいスタイルの良さを誇っている。服装にはあまりかまっている様子はないが、顔立ちも整っているため、今やかなりモテているのではと思われる。

遊ぶなとは言わないが、単位は取れよ、と、瞬は言おうとしたのだが、察したらしい佐生が、

「付き合いで仕方なくだよ。そんなに行っちゃいない」

と言い訳した上で振ってきた話題は、瞬にとってはリアクションに困るものだった。

「この間の合コンで偶然、真野《まの》あかりに会ったんだよ。覚えてるか？　って、忘れるわけがないか。『忘れない男』なんだから」

真野あかり――その名を聞いた瞬間、瞬の脳裏《のうり》に十数年前の出来事が一気に蘇《よみがえ》った。

「俺はお前じゃないから小学校の同級生の名前も顔もすっかり忘れてたんだけど、向こうは俺のこと覚えていてさ。まあ、俺の父親が有名だったからだろうけど。それでお前の名

前を出したら、向こうも覚えていて、懐かしいって言ってたよ。今度、三人で会わないか、だってさ」

「……え？」

その展開は読めなかった、と、瞬は思わず戸惑いの声を上げていた。

「え？」

なぜそうも驚くのか。意味がわからない、というように目を見開いた佐生の眉間《みけん》に縦皺《たてじわ》が寄る。

「まさか覚えてないとか？」

「いや……覚えてる。覚えてるんだが……」

自分の記憶が誤っているとは思えない。真野あかりの二重《ふたえ》の大きな瞳も、天然パーマのくるんとした肩までの髪もよく覚えているが、彼女が自分に『会いたい』と言ったというのが、瞬にはどうにも信じられなかった。

『麻生君、私より背、ちっちゃいじゃん』

卒業式の日、勇気を振り絞《しぼ》り告白した結果、鼻で笑われ終わってしまった。まさか彼女はそのときのことを覚えていないというのだろうか。

「どうした？」

黙り込んだ瞬に佐生が問うてくる。

「いや……本当に彼女、俺に会いたいって言ってたか？」

疑うわけではないが、一応の確認は取ろう、と瞬は佐生に問いかけた。

「言ってたけど……」

瞬の様子を訝《いぶか》ったらしい佐生が言葉を濁《にご》す。

「……どうかした？」

一瞬の沈黙のあと、佐生が問いかけてきたのに、瞬は答えるかどうかを迷ったのだが、小学生時代の思い出など隠すほどのことではないかと明かすことにした。

「実は俺、小学校の卒業式の日に彼女にふられたんだよ」

「えっ！　マジかっ」

どうやら真野は佐生には何も言っていなかったらしい。心底驚いた顔になった佐生が、バツの悪そうな顔となり、ぼそ、と呟《つぶや》く。

「彼女……お前のこと、最初覚えてなかったぞ……？」

「え。マジか」

先程佐生が言ったのと同じ言葉を繰り返してしまった瞬だが、心情は多分、まるで違うものだろうと佐生を見返す。

気づかぬうちにそう呟いてしまった瞬は、自分で考えている以上にショックを受けていたのかもしれなかった。

「ああ。同級生の名前を出し合ったんだが、俺が一番最初に言ったお前の名前を彼女は覚えていなかった。話すうちにうっすら思い出したのか『そういやいたね』と言ってたけど……」

佐生はそこまで言うと、なんとも表現しがたい表情となった。

「子供の頃にしても、自分のことを好きだと言ってくれた相手を忘れるかなあ」

なんだか、がっかりした、と言葉どおり落胆《らくたん》した様子となった佐生はもしかしたら、真野あかりに好印象を持っていたのかもしれない。

「もう十年以上前だから。それに彼女、結構モテたと思うし」

瞬の知る限りクラスで三人、彼女を好きな男子がいた。田辺《たなべ》と山口《やまぐち》だ。人の顔を一度見たら忘れないという特性を持つ瞬は、その二人の顔も勿論《もちろん》、鮮明に思い出すことができた。

自分をふったときのあかりの顔も当然、覚えている。自然と溜め息をついてしまった瞬を佐生は同情的な目で見ていたが、すぐ、

「ま、景気づけに一杯飲むか」

「覚えて……なかった……」

とわざとらしいくらいに明るい声を上げ、冷蔵庫へと向かっていった。

「もう俺、飲んでるからいいよ」

元気づけてくれようとする気遣いはありがたいが、明日も早いので、と瞬は断ったのだが、

「いいからいいから」

と佐生は強引に彼に缶ビールを手渡し、自分もプルタブを上げた。

「乾杯しよう。かんぱーい」

「何にだよ」

「ええと、明日もいいことがありますように。さあ、飲もうぜ。かんぱーい」

敢《あ》えて陽気にしてみせる佐生に気を遣わせるのも悪いという気持ちになったこともあり、瞬もまた、

「はいはい。かんぱーい」

と佐生の缶に自分の缶をぶつけると、これこそまさに『自棄酒《やけざけ》』だと思いながらプルタブを上げ、ビールを呷《あお》ったのだった。

3

飲み過ぎがたたり、翌朝、瞬は定時ぎりぎりの出勤となってしまった。

「おはようございます」

「おはよう」

「なんだ、酷《ひど》い顔だな」

特能係には徳永の他に小池の姿もあった。二人して広げたファイルやパソコンの画面を見ていたようである。

「すみません。飲み過ぎました……」

自分以上に飲んでいた徳永が、そうと感じさせないすっきりした顔をしているのに、情けない、と頭を掻《か》いた瞬を見て小池が、

「合コンか？」

と揶揄してくる。

「…………」

小池も佐生同様、『合コン』を持ち出してきたところを見ると、もしや彼も最近合コンに行ったのだろうか。思わず探るような目を向けてしまった瞬に、徳永の厳しい声が飛ぶ。

「コーヒーでも飲んで頭をすっきりさせろ。十分後に出るぞ」

「はい、申し訳ありません」

いつものように声を張れないのは、二日酔いゆえ頭痛が酷《ひど》いためだった。

「いつもそのくらいの返事でいいぞ」

気づいたらしい徳永が苦笑しつつ問いかけてくる。

「あれから飲んだのか？」

「ええ、まあ……」

「なんだ、合コンじゃなくて徳永さんとだったのか。いいなあ。次は俺にも声かけてくださいよ」

小池が会話に割り込んできたのを機に、瞬はコーヒーを淹《い》れにコーヒーメーカーのある場所へと向かった。

「どこ行ったんです？」

「三幸園だ」

「ますますいいなあ。あそこの餃子《ギョーザ》、たまに食べたくなりますよね」

二人の間で会話が続いている間に自分のマグカップにコーヒーを淹れて戻ると、それを待っていたらしい徳永が瞬のほうにファイルを差し出してきた。

「昨日話した西園寺の写真だ。勤務先はS不動産で変更はない」

「あ……ありがとうございます」

このあと新宿西口に向かい、彼の周辺を見張る。そのために写真を用意すると昨夜言っていたことを瞬は思い出しつつ、写真を手に取った。

「イケメンですね。モテそうな感じで……」

写真に写っている男は、いかにもなボンボンという雰囲気《ふんいき》の男だった。サラリーマンには珍しい茶髪で、高そうなスーツを身に纏《まと》っている。

太い眉《まゆ》に垂れ目がちな目は、父親とよく似ていた。背が高くガタイがいいところも似ている。

「これが西園寺譲……」

「五年前の写真だ。ちょうどこの頃結婚し、今は少し恰幅《かっぷく》がよくなっているよ」

どうやら当時の事件のファイルを持ち込んでくれたらしい小池が、横からそう声をかけてきた。

「ずっとチェックされていたんですか？」

今の姿を知っているということは、と瞬が問うと小池は、

「いや、偶然だ」

と肩を竦《すく》めた。

「去年、六本木のキャバ嬢が殺された事件の捜査中、指名客に聞き込みにいった中に西園寺がいたんだ。そのときも一悶着《ひともんちゃく》あった。勤務先に西園寺を訪ねたら、親父《おやじ》さん側からクレームが入ったんだ。会社に来るとは無神経すぎると。五年前のことがあったからだろうが、あのとき同様、親も息子も相変わらず偉そうだったよ」

「そっちの事件には、西園寺は結局、関係なかったんですか？」

六本木のキャバ嬢が殺害された事件について、記憶がなかった瞬が尋ねると小池は、

「そっちの事件に『も』だ」

と修正を入れた上で、頷《うなず》いてみせた。

「犯人はキャバ嬢の勤務先の店長だった。西園寺には完璧《かんぺき》なアリバイがあって、容疑者リストからは早々に外されていた」

「完璧なアリバイって、まさか大阪出張とか？」

もしそうだとしたら逆に疑ってしまう、と問いかけた瞬に答えを返したのは徳永だった。

「家族で海外旅行中だった。場所はハワイだったか」

「なるほど。完璧なアリバイですね」

あまりに『完璧』すぎて感心する、と瞬は目を見開いた。

「余程運がいいのか、或いは単に一人で行動することが少ないだけか」

誰かに言うというより、自分の考えが唇から漏《も》れてしまった瞬の呟きを徳永が拾い、答えてくれる。

「運がいい、というほどでもないな。キャバ嬢の事件も五年前の浦井の妹の事件も、そもそも西園寺は『容疑者』ではなかった。『関係者』レベルだ」

「……なのに浦井は犯人だと思い込んだんですよね」

なぜだったのか。理由は未だわからないと昨夜徳永が言っていたのを思い出していた瞬の目の前から、写真がパッと消えた。

「出かけるぞ」

「はい」

写真を手にしていた徳永に声をかけられ、大きく頷く。

「本当にいつもそのくらいのトーンでいてほしいものだよ」

徳永が苦笑交じりにまたそう言う横で、小池が、

「俺は元気なほうが好きだけどな」

と瞬に笑いかけたあと、徳永へと視線を向ける。

「浦井のほうは俺が責任をもって動向を調べます。あやしい動きがあればすぐ知らせますんで」

「無理はするなよ」

徳永が心配そうな顔で小池に声をかける。

「F刑務所の知り合いに、出所後の浦井の住所や身元引受人について聞けると思います。本人には気づかれないように充分注意して動きますんで」

小池の答えに徳永は「そうか」と頷くと、瞬を振り返った。

「行くぞ」

「はい」

瞬もまた頷き、徳永と共に特能係の部屋をあとにしたのだった。


「『本業』のほうも手を抜くなよ」

新宿の高層ビル街では、瞬が西園寺の勤務先が入っているSビルを見張り、徳永は近くのNビルのエントランスを張り込むこととなった。

「はい。それは勿論《もちろん》」

頷いた瞬の肩を徳永はぽんと叩くと、

「言わずもがなだったな」

悪い、と詫《わ》びてからその場を離れていった。

「…………」

徳永に詫びられたことなど今までなかったのでは。それは別に徳永が己の非を認めない性格だということではなく、まず詫びねばならないようなことは一切しないからなのだが、やはり今回彼は、相当動揺《どうよう》しているのではないかと、瞬は改めてその思いを強くした。

一度逮捕した人間に、同じ罪を繰り返させたくない、という気持ちだろうか。しかしその責任は果たして徳永にあるのか。

『責任』の有無というよりは、犯罪を未然に防ぎたいという願望からか。それも少し彼の気持ちからは、ズレているような気がする、と、大勢の人が絶え間なく行き来するビルのエントランスを見つめながら、瞬は一人首を傾《かし》げていた。

浦井が狙った相手は、彼の妹を殺害した犯人ではない。アリバイがそれを証明しているが、浦井はそれを聞き入れないという。

間違った人間を殺そうとしていることを見ていられないのだろうか、と、ここまで考えたときに瞬は、徳永の真意に遅まきながら気づいたのだった。

違う。徳永が責任を感じているのは、浦井の妹を殺した犯人を未だ逮捕できていない、そのことに対してだ。

犯人が逮捕されていれば当然ながら浦井が西園寺を狙うこともなく、彼が罪を犯すこともなかった。

犯人が逮捕できていないのは徳永一人の責任ではない。警察全体の責任である。それでも責任を感じるのが徳永なのだ、と瞬は我知らぬうちに大きく頷いていた。

自分が捜査にかかわった事件が未解決のままであるということに自責の念を抱く。そんな徳永を尊敬しないではいられない。彼の下で働けることを誇りに思う。胸を熱くしていた瞬の目が、ちょうどエレベーターから降りてきた男の姿を捉えた。

「……あ……」

間違いない。西園寺だ。部下らしい若い女性を従え、堂々と歩いているその姿は確かに朝見た写真より恰幅《しば》がよくなっており、いかにもなエリートに見える。

瞬は西園寺を暫し、尾行することにした。もしや浦井が姿を見せるのではと案じたためである。

歩きながら瞬は徳永に電話を入れ、尾行する旨《むね》を伝えた。

『任せた』

徳永が短く答え、電話を切る。『任せた』ということは、徳永は来るつもりはないのだろう。より、注意を払わねば、と緊張も新たに瞬は西園寺の尾行を続けた。

西園寺はどうやら、新宿駅に向かっているようだった。人通りが多いため、ともすれば見失いそうになるのを必死で追いかける。

幸いなことに西園寺には面が割れていない。もう少し接近しても大丈夫だろうか、と距離を詰めようとした瞬の視界の先、見覚えのある男の影が過《よぎ》った。

あ、と声を上げそうになり、慌てて口を閉ざす。今まで気づかなかったのは二日酔いで注意力が散漫になっていたからだろうか。西園寺と自分の間、西園寺を尾行しているとしか思えない動きを見せていたのは、なんと――弁護士の鮫島だった。

なぜ彼が。しかもあれはどう見ても尾行だ。なぜ鮫島が西園寺を尾行しているのか。

鮫島がいるということは、浦井もいるのか。二日酔いの自分が情けない。焦って周囲に目を配った瞬だったが、浦井の姿を見つけることはできなかった。

そうこうしている間に西園寺は新宿駅に到着し、ＪＲの改札を入っていった。

あとを追うべきか。それとも引き返して見当たり捜査に戻るか。

それとも――。

改札口に佇《たたず》む鮫島の後ろ姿を目の端で捉えつつ、瞬はポケットからスマートフォンを取り出し、徳永の番号を呼び出した。

『どうした』

「西園寺はＪＲの改札に入ったんですが、彼を尾行している人間が……」

『尾行？』

徳永の声に一気に緊張が走るのがわかった。

『浦井か？』

「いえ、鮫島弁護士です」

『鮫島弁護士？』

徳永が珍しく驚いた声を上げる。

「どうしましょう。西園寺を追いますか？　それとも鮫島弁護士を追いましょうか」

『……ひとまずＮビルに来てくれ』

徳永は一瞬考えたあとに、いつものような落ち着いた声音《こわね》で指示を出す。

「わかりました」

すぐ向かいます、と電話を切った瞬は、それでも気になり、鮫島を物陰から窺《うかが》ってしまった。

鮫島は暫《しばら》くの間、改札から少し離れたところで西園寺が消えていった先をじっと佇み見つめていた。

なぜ彼が？　わけがわからないものの、次の動きを見せるまでは見守ろう、と瞬が決めた直後に、鮫島は我に返った様子となると周囲を見回し、踵《きびす》を返した。

「……っ」

気づかれぬようにと心がけていた瞬の目の前を鮫島が通り過ぎていく。彼の表情がどこか思い詰めているように感じられ、思わずあとを追いかけた。が、徳永の指示はNビルに来いというものだったのを思い出し、後ろ髪を引かれる思いで徳永のもとへと向かった。

「鮫島弁護士の様子を教えてくれ。一人か？」

開口一番、徳永が問いかけてきた言葉に、答えねば、と瞬は口を開いた。

「はい。一人でした。いつから西園寺を追っていたかはチェックできませんでしたが、改札を入ったあとも暫く、その場に佇んでいました」

「西園寺をつけていたのは間違いないか？」

「間違いありません。偶然見かけて追ったというようにも見えませんでした」

答えたあとに瞬は、抱いていた疑問を徳永にぶつけることにした。

「そもそもなぜ、鮫島弁護士は西園寺を尾行していたんでしょうか。浦井が尾行するならともかく、なぜ弁護士が……」

「考えられる可能性は」

徳永が眉間《みけん》に縦皺《たてじわ》を刻みながら、口を開く。

「彼も浦井が西園寺を狙うと考えているのか。または……」

「または？」

他の可能性は、と問いかけた瞬に徳永がもう一つの可能性を告げる。

「彼もまた、西園寺が浦井の妹を殺した犯人だと思い込んでいるか」

「鮫島弁護士も、西園寺のアリバイには納得していないということですか？」

弁護士までもが、西園寺の父親に警察が屈したととらえたのか、と驚いたせいで思わず瞬の声が高くなった。

「調子が戻ってきたようだな」

徳永が嫌な顔をしつつ、瞬の頭を軽く叩く。

「あ、すみません」

人が振り返るほどの大声を上げたことを反省し謝罪した瞬に、徳永が話を続ける。

「浦井の裁判の際に鮫島弁護士が、西園寺が犯人である可能性を警察に問うてきた。応対したのは俺だったが、アリバイが成立していることには納得していたと記憶している」

「……だとするとやはり、徳永さん同様、浦井が再び西園寺を狙うことを案じている……ということですかね」

昨日は浦井を庇《かば》っていたが、実際は彼自身、浦井の『忘れました』という言葉を疑っていたということなのか。

「いっそ、本人に聞きに行くか」

考え込んでいた瞬に徳永がそう、声をかけてきた。

「えっ？」

それをすると自分たちも西園寺を見張っていたことが先方に知られるのではないか。瞬が考えたことなどお見通しとばかりに徳永が言葉を続ける。

「もしも目的が一緒であるのなら、協力し合えるだろうからな」

『目的』——浦井に罪を重ねさせないようにすることを指していると察した瞬もまた、

「はいっ」

と返事をし、歩き出した徳永のあとに続く。

果たして鮫島は胸襟《きょうきん》を開いてくれるか。それこそ目的が同じであれば、協力してくれるのではないか。

警察官も弁護士も、抱く『正義の心』には通じるものがあるだろうから。

考え、一人頷《うなず》いた瞬の脳裏《のうり》に、西園寺が消えた改札口を暫し佇み眺めていた鮫島の後ろ姿が蘇《よみがえ》る。

あのとき彼はどのような表情を浮かべていたのだろうか。見ておけばよかった、と一抹《いちまつ》の後悔《こうかい》を抱きつつ瞬は、いつも以上に歩く速度があがっている徳永においていかれまいと歩調を速めたのだった。


鮫島の事務所は中野坂上《なかのさかうえ》駅から徒歩十五分ほどの雑居ビルの三階にあった。新宿からは近いので、既に戻っているのではという徳永と瞬の予想は当たり、事務所に足を踏み入れた途端、部屋の奥の机にいた彼を見出《みいだ》すことができた。

「刑事さん。どうしました？」

事務所内には今、鮫島一人しかいなかった。他に机が二つあるところを見ると、従業員はいそうである。

「少しお話を伺《うかが》いたいのですが、今、お時間ありますか?」

徳永が丁重な態度で鮫島に申し出る。

「ええ。どうぞ」

鮫島は昨日の様子と比べ、少し愛想がよくなっているように瞬には感じられた。

「コーヒーでいいですか?」

言いながら鮫島がコーヒーメーカーへと向かっていく。

「どうぞお構いなく」

徳永は辞したが鮫島はそれを無視する形で言葉を続けた。

「今日は友井《ともい》君……事務の女性が有休をとっていましてね。ええと来客用カップはどこだったかな」

「本当に結構ですから」

なかなか目の前に座ろうとしない鮫島の背に、徳永が再び声をかける。

「ああ、これだ。少々お待ちください。なに、すぐですので」

徳永の『結構』を遠慮《えんりょ》ととったのだろうか。それとも時間稼《かせ》ぎか。時間稼ぎだとするとなんのために?

瞬はつい首を傾《かし》げてしまったのだが、その間に鮫島は三人分のコーヒーを淹《い》れ終え、それを徳永と瞬を案内した応接セットまで運んできた。

「お待たせしました。どうぞ」

「ありがとうございます」

礼を言う徳永に、

「ブラックでいいですかね」

鮫島は尚もコーヒーの話題を引っ張ろうとしたが、徳永が「はい」と返事をし、口を開こうとすると、それより前に、と身を乗り出し話し始めた。

「昨日は申し訳ありませんでした。随分《ずいぶん》失礼なことを言ってしまったとあとから酷《ひど》く反省しました」

「いえ、こちらこそ配慮《はいりょ》が足りず申し訳ありません」

深く頭を下げてきた鮫島に徳永も頭を下げ返したあと、ズバッと用件を切り出した。

「ところで鮫島さん、先程新宿にいらっしゃいませんでしたか？」

「…………」

鮫島が顔を上げ、徳永を見る。一瞬彼の表情が険しくなったのを瞬は見逃さなかったが、すぐその顔には笑みが浮かんだ。

「なるほど。ご訪問の理由が今一つわからなかったのですが、その件ですか」

朗《ほが》らかといっていい口調でそう告げ、鮫島は自身で淹れたコーヒーを啜《すす》ると、改めて視線を上げ口を開いた。

「あなたがたも西園寺譲さんを見張っていたのですね？　そこで私の姿を見かけたと」

鮫島がいきなり西園寺の名を出してきたことに、瞬は思わず息を呑《の》んだのだが、徳永は淡々と言い返した。

「なぜあなたが西園寺さんを『見張って』いたか、その理由を教えてもらえますか？」

「理由は……」

鮫島は一瞬言い淀《よど》んだが、やがて溜め息と共に言葉を吐き出した。

「……様子を見に行っただけです。彼のところにも浦井君が釈放された報告がいっているのか、調べようがなかったので」

「なぜ様子を？」

相変わらず淡々とした口調ではあったが、徳永は誤魔化《ごまか》す隙《すき》を与えないように鮫島に対して問いかけていた。

「……この先、浦井君が彼にコンタクトを取るのではないかと、それが不安で」

鮫島の額にはうっすら汗が滲《にじ》んでいる。答えるのに逡巡《しゅんじゅん》があったのは、弁護士として依頼人を信頼できていないことへの苦悩からだろうかと、瞬は鮫島の顔を見つめていた。

「当時から不思議に思っていたのですが、なぜ浦井さんは西園寺さんを犯人と思い込んでいたのでしょうか。確実なアリバイがあったというのに」

この徳永の問いに対する鮫島の回答は早かった。

「私にもわかりません。なぜ、浦井君がそんな思い込みをしたのか」

「鮫島さんにも浦井さんは説明しなかったということですか？」

「はい」

またも即答した鮫島に、徳永が問いを重ねる。

「鮫島さんは、西園寺さんが犯人とは、裁判当時も思いませんでしたか？」

「警察で彼のアリバイを説明してもらい、犯人にはなり得ないと思いました。確か徳永さん、あなたが説明してくださったんですよね」

鮫島が逆に問いかけてくる。

「そうです」

五年前のことだが、お互い記憶があったらしく、徳永は頷いたあと、淡々とした口調で言葉を発した。

「浦井さんへの説明が不十分だったのではないかと、あなたに言われたことを覚えています」

「……っ」

まさか徳永が嫌みを言うとは思わず、息を呑んだのは瞬だけだった。

「そうでした。しかしその後、浦井君には充分過ぎるほど詳細を説明していたと知り、申し訳ないと謝罪しましたよね」

鮫島が笑顔で嫌みを流したあと、真剣な面持《おもも》ちとなる。

「浦井君にもどういったことをあなたから説明されたのか、確認をとった結果、齟齬《そご》はなかった。なのに浦井君は西園寺さんを犯人と思い込んでいた。彼がまだ西園寺さんを疑っているのではないかと、それが心配で今日、様子を見に行ったというわけです」

「浦井さんは昨日、妹さんの件は『忘れた』と言っていましたが、それを信用されなかったということですね？」

徳永が相変わらず鮫島を追い詰めにかかる。

「……信用したかったですがね」

鮫島は溜め息を漏《も》らしつつ、項垂《うなだ》れたあと、ぼそ、と言葉を続けた。

「服役中、何度か手紙のやりとりはしました。反省の言葉が綴《つづ》られていましたし、出所してからの相談も受けていました。まっとうな道を歩んでいくと、約束もしてくれましたが……」

　ここで鮫島が言葉を途切れさせ、少し考えるように黙り込んだあと、再び口を開く。

「……出所した彼を見て、やはりまだ、妹さんを殺した犯人への恨みは消えていないのではと感じました。彼は犯人を西園寺さんだと思い込んでいますので、西園寺さんをまだ恨んでいるのだろうと……。それで責任を感じたのです」

「責任を感じるというのは？」

　瞬も引っかかったところを徳永が聞き咎《とが》めないわけがなく、問いかける。

「……浦井君の裁判中、西園寺さんが妹さんを殺した犯人ではないと証明してみせれば、彼の頑《かたく》なな態度も改まるかと思い、西園寺さん側にＤＮＡ鑑定を要求したんです。妹さんの体内には加害者の体液が残されていたと聞いたもので……しかし」

「西園寺さんは拒否した」

　徳永にもその記憶があったらしく、先回りをしてそう告げる。

「はい」

　頷くと鮫島は罪悪感溢《あふ》れた表情となりつつ口を開いた。

「西園寺さんの言い分はわかります。犯人でないことは既に証明されているのだから、なぜＤＮＡ鑑定などせねばならないのかと。まったくそのとおりです。しかし西園寺さんがＤＮＡ鑑定を拒絶したことで、ますます浦井君の思い込みは増す結果となりました。清廉《せいれん》潔白《けっぱく》なら提出できるはずだ。できないのは後ろ暗いところがある証拠ではないかと」

「それに責任を感じていらっしゃると、そういうことですね」

徳永の言葉に鮫島が「はい」と頷いたあとに、ぼそ、と言葉を続ける。

「妹さんを殺した犯人が逮捕されてさえいれば、浦井君も罪を犯すことがなかったのでしょうが」

「それは我々警察の責任です」

きっぱりと言い切った徳永を前に、鮫島が、はっと我に返った顔になる。

「失礼しました。責任転嫁《てんか》しようとしたわけでも、当てこすりを言ったわけでもありません」

「わかっていますし、仰《おっしゃ》ることは事実です。犯人逮捕に至っていない我々警察に責任があります」

徳永は尚もきっぱりと言い切ったあと、心持ち身を乗り出すようにして鮫島に訴えかけた。

「浦井さんがもし西園寺さんを狙おうとしているのを感じられましたら、我々にお知らせいただけませんか？」

「……それは……」

鮫島の眉間《みけん》に縦皺《たてじわ》が寄ったのを見て、徳永は彼の言いたいことを察したらしく、先回りをして否定する。

「逮捕したいのではなく、未然に防ぎたいのです。浦井さんには罪を重ねてほしくない。昨日あなたが仰ったように、彼には新しい人生を歩んでもらいたいのです」

「…………」

鮫島の表情は未だ、懐疑《かいぎ》的だった。瞬は徳永の性格を充分理解していたので、彼が嘘など言っていないと信じることができたが、鮫島はそこまで徳永を信じられないようである。

検挙率を上げたいといった動機を持っているとでも考えているのかもしれない。その誤解を解くにはどうしたらいいだろう、と考えていた瞬の横で、徳永が口を開く。

「私も責任を感じているのです。浦井さんの妹さん殺しの犯人を逮捕できていないことについて、警察官の一人として」

「責任……ですか」

鮫島がぽつりと呟《つぶや》いたあと、目を伏せる。

「わかりました。何かありましたら、必ず連絡を入れます」

俯《うつむ》いたままそう告げた鮫島の声は少し震えているように瞬には感じられた。思い詰めているようにも見えるその顔から目を逸《そ》らすことができずにいた瞬の横では徳永が、

「よろしくお願いします」

と頭を下げている。

『責任』──やはり徳永の行動の裏にはその気持ちがあった。

彼は当時の捜査にかかわっていたというが、犯人を逮捕できなかったのは何も彼だけのせいではないだろう。それでも徳永は『責任』を感じている。自分もまた警察官の一人として、責任を感じるべきなのかもしれない。

心の中でそう呟いた瞬の胸にはそのとき、先程鮫島がぽつりと呟いた『犯人が逮捕されてさえいれば』という言葉が突き刺さっていた。

4

鮫島の事務所を辞したあと、徳永は路上で少し考えるように立ち止まってから、よし、というように頷《うなず》き瞬を振り返った。

「新宿に戻るぞ」

「新宿のどこで張ります？」

見当たり捜査に戻るのだろうと思い、問いかけた瞬に、徳永が新宿行きの目的を告げる。

「二丁目だ。見当たり捜査ではなく情報収集のために」

「あ！」

徳永の言葉で瞬は、ある男——だか女性だか微妙であるが——の顔を思い出した。

「情報屋……ですね？」

「そうだ」

頷いた徳永が、ぽつ、と言葉を足す。

「やはりどうにも気になってな」

「…………」

気になること——瞬が最も気になっているのは、五年前、浦井の妹を殺害した犯人は誰かということだった。

それを情報屋に聞きに行くというのだろうか。しかし聞きに行くなら五年前に行っていたはずか、と思いつく。

警察が逮捕できていない犯人の名を情報屋が知っているとしたら、それはそれで問題である。となると別件か、と瞬は徳永の『気になる』ことを考えた。

自分が他に気になることといえば、なぜ浦井は西園寺を犯人と思い込んだのか、ということである。

徳永の言い分では、西園寺は『容疑者』ではなく『関係者』レベルだったということだが、なぜ、浦井は彼を犯人と特定したのか。

二人の間に、もしくは浦井の妹と西園寺の間に、何か特別な関係があったのか。それを確かめようというのか。

五年も前のことを果たして調べることはできるのか。不安を抱えながら瞬は徳永のあとに続き、新宿二丁目のゲイバー『Three Friends』という店へと到着した。

店のドアには『Closed』の札がかかっていたが、ノックのあと徳永はドアを開き、カウベルの音にかき消されぬよう張った声で中に呼びかけた。

「お休みのところすみません。ミトモさん、いらっしゃいますか？」

「ちょっと、表の札、見えなかった？　閉店したのよ。開店は夜になってから……って、あら」

カウンターの奥から、眠そうな顔で現れ、刺々《とげとげ》しい口調で答えていた彼が――店主のミトモが、徳永の顔を見て、目を輝かせる。

「あらやだ。徳永さん。お久しぶり。もう、いやね。突然来るんだから。一応、来る前に電話してちょうだいよ。おもてなしができないじゃない」

シナを作りつつ、

「どうか座ってちょうだい」

とカウンターのスツールを示してみせる。

「申し訳ありません。今度から電話を入れるようにします」

恐縮しながらスツールに腰を下ろした徳永に倣《なら》い、瞬もまた背の高いスツールに腰かけた。

「その子はたしか佐生一郎《いちろう》の息子の友達だっけ」

「記憶力いいですね」

思わず言い返してしまったのは本気で感心したからなのだが、ミトモには嫌みにとられてしまったようだった。

「おあいにくさま。まだ記憶力は衰えてないのよ。容貌《ようぼう》もね」

「いや、そんな……」

失言だったのだろうか、と慌てて詫《わ》びようとした瞬の後頭部を軽く叩いたあと、徳永がミトモに声をかける。

「確かに今日も綺麗《きれい》です。こんな時間にお邪魔してすみません」

「あらやだ。クールそうに見えて口も上手《うま》いのね。いいのよ。さっきまで店、開けてたの。馴染《なじ》みの客がなかなか帰りたがらなくてさ。連れ合いが大阪出張で寂しいだかなんだかで周りを巻き込んで、大変だったのよ。ほんと、いい迷惑だわ」

眠そうな顔をしつつも、一気にそうまくし立てたミトモはまさに『舌好調』で、眠くないときの彼はどれほど喋《しゃべ》るのだろう、と瞬は感心すると同時に、二日酔いなどと言っていた自分が恥ずかしくなった。

「それで？　今日は何？　徳永さん、払いがいいから優先するわよ」

何か飲む？　と問いながらミトモが徳永に笑いかける。

「勤務中なので結構です」

「あらそう。そしたら水でいいわね。そっちの坊やも水でいいでしょ？」

問う気もないといった様子でミトモは徳永と瞬の前にグラスを置くと、ミネラルウォーターを注ぎ始めた。

「ありがとうございます」

「畏《かしこ》まっちゃって。お金取ろうとか思ってないから安心して」

礼を言った徳永の肩を、ミトモが小突く。

「水が一番高いのかと」

「それは夜の話。それで？　今回はどんなご依頼？」

ミトモの目には徳永しか映っていないようである。クライアントは彼なのだから当然かとも思うが、あからさますぎるなと瞬は心の中で呟きつつ、果たして徳永は何を頼もうとしているのかと耳をそばだてた。

「西園寺成政の三男がＳ不動産に勤めているのをご存じですか？」

「西園寺……ああ、あの馬鹿息子。譲だったかしら。勤務先、Ｓビルでしょ？　確か五年くらい前に、新宿で刺されて結構な騒ぎになったような……」

「すごい！　よく覚えてますね！」

西園寺の三男の名前だけでなく、五年前に刺されたことまで覚えているとは。さすが、と感心するあまり瞬はまた高い声を上げてしまったのだが、

「だから、記憶も容色《ようしょく》も衰えてないって言ってるでしょ」

とミトモの機嫌を損《そこ》ねてしまった。

「すみません。まさにそのことを調べていただきたかったので、彼も驚いたんですよ」

横からすかさず徳永がフォローを入れる。

「あら。そうなの？　五年も前のこと？　ああ、確かその犯人、近々出所するんだかしたんだかって聞いたわね」

「聞いたって誰にですかっ」

あまりの情報の速さに、瞬はまた驚いたせいで大きな声を上げたのだが、途端にスツールの下で徳永に足を蹴《け》られ、

「痛っ」

と悲鳴を上げた。

「いい加減静かにしろ」

「すみません……っ」

確かに煩《うるさ》かった、と、徳永とミトモ、二人に詫びた瞬を見て、やれやれ、というように

ミトモが肩を竦《すく》める。

「情報屋が情報源を明かすわけないでしょ」

「……ですよね。すみません……」

確かに仰《おっしゃ》るとおり、と項垂《うなだ》れた瞬の背をぽんと叩くと徳永は、

「犯人についてもご存じですか？」

とミトモに問いかけた。

「あまり詳しくは……その人、当時新宿駅近辺でビラを配っていたわね。気の毒に、妹さんが殺されたのよね。その犯人がなかなか逮捕されないからって、目撃情報をビラで募《つの》っていたのよね、確か」

「そのとおりです。浦井裕《ゆたか》さん。亡くなった妹さんは美貴さん。美貴さんの勤務先は西園寺と同じS不動産でした」

「妹さんを殺した犯人を西園寺の三男と思い込んで刺したんだったわね。でもマスコミはあまり取り上げなかった。選挙が近かったから？」

「……っ」

何から何までそのとおり、とまた大声を上げそうになった瞬の足を徳永が蹴ることで口を塞《ふさ》がせる。

「そのとおりです。それで調べてもらいたいのが、西園寺譲と浦井裕さん、妹の美貴さんとの関係です」

「警察の捜査では、被害者の女性と西園寺の関係性は上司部下って以外には何も出てこなかったんでしょ？　実は関係があったって言いたいの？」

ミトモが腕組みをしつつ問いかけてきたのに、徳永は、

「お恥ずかしい限りです」

と頭を掻《か》いた。

「いやん。エリートのそんな姿は萌《も》えるわね」

ミトモが黄色い声を上げたあとに、

「でもなんで今更？」

と問うてくる。

「浦井は出所したんですが、未だ西園寺を妹の敵《かたき》と狙っている可能性があるんです」

「なるほどねえ」

ミトモが納得した顔になる。

「西園寺にはアリバイがあったのに、浦井がそれを信じないのは何か理由があるはず……ってわけね」

「まさにそのとおりです」

大きく頷《うなず》いた徳永の横で瞬もまた、『本当にそのとおり』とぶんぶんと何度も首を縦に振っていた。

「五年前の、浦井の妹殺害については、捜査は手詰まりのままなの？」

ミトモがズバッと斬《き》り込んでくるのに、徳永が頭を下げる。

「そのとおりです。情けないことですが」

「だんだん思い出してきたわ。確か桁外《けたはず》れの集中豪雨の夜で、防犯カメラも満足に機能しなかったんだったわね」

「…………」

ミトモの記憶力は本当にすごい、と感心しまくる瞬の前でミトモはその記憶力をあますところなく披露したあとに、

「ああ、そうだ」

と何か思いついた顔になった。

「情報源は普段は明かさないんだけど、こんなふうに昼間に来られても困るから、今回に限っては役立ちそうな男を紹介するわ。さっきまでここで飲んでたから、すぐ来させるわ。ちょっと待ってて」

そう言ったかと思うとミトモはポケットからスマートフォンを取り出し、どこかにかけ始めた。

「あ、りゅーもんちゃん？　アタシ。ちょっと店に来てほしいの。どうせ暇でしょ」

一方的にそう言うと、相手の返事も待たずに電話を切る。あれで大丈夫なのか？　と瞬が見守る先ではミトモが徳永に、『りゅーもんちゃん』の説明をしていた。

「以前は大手の新聞社に勤務していたんだけど、今はフリーのルポライターやってるの。ああ、でも安心して。口は硬いわ。記事にしちゃいけないことは絶対にしない。信頼できる男よ。しかもイケメンなのよ」

「龍門《りゅうもん》……もしや……」

徳永が喋り始めたところで、カランカランとカウベルの音が響き、店のドアが開いたと思うと、一人の男が店内に足を踏み入れた。

「ミトモさん、どうしたんです？　って……あれ？」

確かにイケメンだ、と瞬が見やった先では、少し寝不足気味の顔をした若い男が佇《たたず》んでいた。

「紹介するわ。こちら警視庁の徳永さん。徳永さん、彼が有能な私の『情報源』。ルポライターの藤原《ふじわら》龍門」

「記事、拝見したことがあります」

徳永がスツールを下り、藤原に向かって右手を差し出す。

「はじめまして。徳永です。高円寺《こうえんじ》さんにミトモさんを紹介してもらいました」

「藤原です。高円寺さんならさっきまで店にいましたよ」

藤原が笑顔でそう言い、徳永の手を握る。

「あ、あの、麻生です」

「よろしく。藤原です」

瞬もおそるおそる手を出すと、藤原は笑顔で握手に応えてくれ、感じのいい人だなと、瞬の中で彼の好感度が高まった。

「それでは恋人が大阪に出張していたのは高円寺さんでしたか」

徳永がそう言うのに、

「いや、それはまた別で」

と藤原が苦笑したあと、すぐさま真面目《まじめ》な顔になる。

「ミトモさんに呼ばれたということは何かの調査の依頼ですね。どういったことですか？」

問うてきた藤原に対し、徳永は躊躇《ためら》うことなく、先程ミトモに依頼した西園寺と浦井兄妹の関わりについての調査をお願いしたいと告げた。

「五年前……覚えています。西園寺は完全なとばっちりでしたが、騒ぐことなく沈黙したんですよね、確か」

「選挙があったからね。三男はもともと評判悪かったし、被害者だったけど同情はそうされてなかったような」

ミトモが横から口を出すのに、藤原は、

「確かそうでしたね」

と頷くと、徳永に向かい、ニッと笑ってみせた。

「承知しました。すぐにとりかかります。あ、これ、俺の名刺です」

「失礼しました。よろしくお願いします」

徳永もまた名刺を藤原に渡す。

「ありがとうございます。何かわかり次第、すぐ連絡入れますね」

藤原は爽《さわ》やかにそう言うと、「それじゃ」とミトモと瞬にも挨拶《あいさつ》をし、カウベルの音を響かせながらドアを出ていった。

「彼に任せておけば安心よ。それじゃ、アタシも寝るわ」

欠伸《あくび》をするミトモに徳永は、

「ありがとうございます。お邪魔しました」

と頭を下げ、瞬を伴《ともな》い店を出た。

「言うまでもないが、他言無用だぞ」

店を出ると徳永はそう言い、視線を瞬へと向けてきた。

「勿論《もちろん》です」

瞬は大きく頷いたあとに、それにしても、とミトモの店を振り返る。

「情報屋って凄《すご》いですね。五年前のことだというのにすらすら思い出して」

「高円寺さんに聞いたが、彼は新宿の『ヌシ』だそうだ。抜群《ばつぐん》の記憶力と行動力があるからこそ、売れっ子の情報屋なんだろう」

「なるほど……」

まるでテレビドラマの世界だ、と感心していた瞬の後頭部を、徳永はまた軽く叩くと、

「我々も自分の仕事に戻ろう」

と声をかけ、新宿駅に向かい歩き始めたのだった。

その日の『見当たり捜査』では収穫《しゅうかく》がなく、午後六時に切り上げると徳永と瞬は警視庁の執務室に戻ってきた。

「五年前の事件について、お前とも情報を共有しておく」

「お願いします」

徳永の言葉に瞬は頷くと、彼の実にわかりやすい説明に耳を傾けた。

「そもそもの発端は五年前の、浦井の妹の美貴さん殺害だ。勤務先をほぼ定時で出たあと行方がわからなくなった。発見されたのは三日後、奥多摩の山中だった」

「行方不明になった日の彼女の足取りはどこまで辿《たど》れたんですか？」

瞬の問いに徳永が首を横に振る。

「会社を出たところまでだ。会社のエントランスの監視カメラが社を出る彼女の様子をとらえていた。が、そのあとはさっぱりだった」

「集中豪雨だったとミトモさんは言ってましたね」

「駅の監視カメラに彼女の姿はなかった。車での移動だったと考えられる」

「車に乗る……顔見知りに誘われたんでしょうか」

「連れ込まれた可能性もある」

「……確かに……」

当日は豪雨。傘を差していたら前方不注意にもなっただろうし、車で攫《さら》われた可能性は否定できない。

そうした事件はいくらでもある、と瞬はファイルにあった浦井美貴の写真を手にとり、痛ましさからつい、溜め息を漏《も》らした。

享年《きょうねん》二十三歳。ぱっと目を引く、可愛《かわい》い女性だった。兄ともどことなく似ている。

年齢よりも少し幼く見えた。暴行され、殺されて人生を終えるなど、気の毒としかいいようがない。

気づかぬうちに唇を噛《か》み締めていた瞬は、徳永が喋《しゃべ》り始めたことで我に返った。

「浦井の両親は七年前に相次いで亡くなっており、親しくしている親戚《しんせき》もいなかったとのことだ。兄、裕は妹が亡くなるまでは電機メーカーに技術者として勤務していたが、妹の死後、退職した。俺の印象では思い詰めるタイプではあるが、根拠もなく人を疑うようには見えなかった。理性的だったよ、充分」

「……たった一人の身内、しかも妹を殺された。無残な方法で……となると、理性的ではいられなかったのかも……」

瞬にきょうだいはいないため、愛情のほどは自分に置き換えて考えることができない。それでももし自分の身内が浦井美貴と同じような殺されかたをした上で、犯人が挙がらなかったらと思うと、理性的でいられる自信はなかった。

「まあ、そうだろうな」

徳永も頷き、室内に沈黙が訪れる。

「ああ、よかった。まだいた」

と、そのときノックもなくドアが開き、息を切らせた小池が部屋に入ってきた。

「どうした？」

徳永が訝《いぶか》り問いかけたのに、

「お知らせしなきゃと思って」

と小池が額の汗を手の甲で拭きつつ、言葉を発する。

「浦井の現住所、わかりました。杉並です。新高円寺《しんこうえんじ》駅近くのアパートでした」

「えっ」

瞬が思わず声を上げたのは、新高円寺は自分の家の最寄り駅のためだった。

「俺の家の近所です」

「だろ？　驚いたんだよ、俺も」

小池はそう言うと、勝手知ったる、で、小型の冷蔵庫のある場所へと向かい、中から取りだしたミネラルウォーターのペットボトルを一気に飲み干した。

「身元引受人は弁護士の鮫島で、勤務先も彼の事務所ということだった。アパートを世話したのも鮫島だ。大家は既に浦井がムショ帰りだということを知っていたので話を聞いたが、挨拶はきっちりするものの、暗い印象を抱いたそうだ。昨日から一歩も外には出ていないという確認もとれた」

「あまり派手に動くなよ。鮫島弁護士には釘を刺されている」

徳永が眉《まゆ》を顰《ひそ》めるのに、

「その辺は心得てますんで」

と小池は胸を張った。

「大家は八十過ぎのおばあちゃんで、鮫島のシンパっぽかったです。鮫島からは何人も、もと受刑者を紹介されていると言ってましたが、問題を起こした店子《たなこ》はいないそうです。鮫島への信頼度は高かったけど、一方、浦井に関しては何か感じるものがあるのか、情報を得たがっていました。いわばギブテです。とはいえ、こちらの言動はもれなく鮫島弁護士には筒抜《つつぬ》けになるでしょうが」

肩を竦《すく》めた小池に徳永が問いを発する。

「大家には浦井が問題を起こすように見えたということか？」

「思い詰めた顔をしているのが気になると言ってました。妹さんが殺されたことは既に、鮫島弁護士から聞いていたそうです。ああ、そうだ。今日、鮫島がきましたよ。彼が部屋に入るところをちょうど見かけました」

「鮫島が……」

徳永の呟《つぶや》きに小池が「はい」と頷く。

「遠目に見ただけだし、気のせいかもしれませんが、緊張感はありました。滞在は十五分ほどだったんですが、浦井の部屋を辞したあとの鮫島は思い詰めた顔をしているように感じましたよ」

主観ですが、と言葉を足した小池に対し徳永は、

「そうか」

と頷いたが、彼の顔にも緊張感が漲《みなぎ》っているように瞬の目には見えていた。

「今ちょっとウチの係は取り込んでいるので難しいかもしれませんが、少しの間、浦井を張らせてくれないか、係長に交渉してみます。なんだか俺も気になるんですよね」

上手《うま》く言えないんですが、と唸《うな》る小池に徳永が、

「何が気になる?」

と問いかける。

「何……うーん、なんだろう。何かをやらかしそうな予感がするんですよ」

頭を掻《か》きながら小池が告げる、それこそ『刑事の勘』というものか、と瞬はただただ、感心していた。

「係長にもう一つ、頼んでもらいたいことがあるんだが」

と、ここで徳永が心持ち身を乗り出し、小池にそう告げる。

「なんでしょう？　係長も徳永さんの頼みなら断らないと思いますよ」

笑顔で答えた小池だったが、続く徳永の言葉には驚いたのか、高い声を上げることとなった。

「西園寺譲とコンタクトを取りたい。彼本人から五年前のことを聞きたいんだ」

「なんですって!?」

予想外の要請に大声を上げた小池に対し、徳永が、

「頼む」

と頭を下げる。

「いや、やりますけど、そんな……」

徳永が頭を下げることはそこまで珍しいのか。泡《あわ》を食う小池を前に瞬は、果たして徳永の意図はどこにあるのかと、必死で思考を巡らせていた。

5

「ただいま」

「おかえり……ってどうした？」

その夜帰宅した瞬間を迎えた佐生が、驚いた顔になる。

「どうしたって？」

「酷《ひど》い顔だよ。腹、減ってない？　今日叔母《おば》さんが肉、持ってきてくれたんだ。すぐ焼くから」

「肉？」

「松阪牛《まつさかうし》。Ａ５ランクだって」

「叔母さん、肉のお取り寄せもやってるの？」

「相変わらずお菓子もやってるよ。『クルミッ子』も貰《もら》った。そっちは到来物《とうらいもの》だったけど。鎌倉《かまくら》の店舗《てんぽ》に一緒に行こうって誘われて参ったよ」

言いながら佐生は瞬のために夕食の支度《したく》をしてくれた。

「なに？　今、暇なの？」

「まあね。大学も休みに入ったし、ちょっと余裕ができたかな」

佐生はそう言うと、「どう？」と肉の焼き加減を聞いてきた。

「美味《うま》い。さすが松阪牛」

「だろ？　叔母さんさまさまだよ」

嬉しそうな顔になった佐生だったが、すぐ、やれやれ、というように溜め息を漏らす。

「問題は、ウチに帰ってこいってしつこいことだけ。お前の迷惑になっているに違いないって決めつけててさ。ちゃんと役に立ってるって、お前からも主張してくれよ」

「いやあ、役に立ってるかってなると……」

確かにたまに食事を作ってくれはするが、それで『役に立ってる』と主張されても、と笑おうとした瞬の頭に閃《ひらめ》きが走った。

「待った。お前、今、暇なんだよな？」

「え？　まあ、暇とまでは言わないけど……」

「大学も休みに入ったんだよな？」

「うん。休みだ」

「そしたら！」

家も近所なことだし、と瞬は佐生に、浦井を見張らせることを思いついたのだった。小池の言いようでは、どうも上司から許可は得られそうにないと感じたせいもある。

「ちょっと待って」

「え？　え？」

「許可取るから」

独断では依頼ができない、と、瞬は徳永のスマートフォンに電話をかけた。

『なんだ』

「夜遅くにすみません。佐生に浦井さんを見張らせるのはどうかと思いまして」

『なんだって？』

徳永は相当驚いた声を出したが、瞬の説明を聞き、うーん、と迷うような唸り声を上げた。

『佐生君を巻き込むのはどうかと思うぞ』

「佐生も暇にしているし、俺の役に立ちたいというので」

大丈夫です、と主張した瞬の耳に、やれやれ、という徳永の溜め息が響く。

『問題は起こすなよ。責任はすべて俺が取るとはいえ』

「ありがとうございます！」

礼を言った声は、我ながら高いものになってしまった。

『電話越しでも声がでかいな』

徳永が苦笑しつつ、電話を切る。

「許可、得られたから」

責任はすべて取ると言われただけに、迷惑は決してかけまいと思いつつ、瞬は佐生に明日からやってほしいことを明かし始めた。

「ウチの近所のアパートに住んでいる男を見張ってほしいんだ」

「お、面白そう。誰を見張ればいい？」

「絶対気づかれるなよ。あと、通報されないように注意しろよ？」

「え？　通報？　なに？　どういう人なの」

おののく佐生に瞬は、浦井のことを彼の犯した罪と共に説明した。

「なるほど。同じ罪を犯さないよう、見張れってことか」

了解、と楽しげな声を上げつつ、佐生が頷《うなず》く。

「まさに俺がやってみたかったことだ。小説のネタにもなる。任せてくれ。相手には決して気づかれないように見張ってみせるよ」

「いやいや、その前に小説のネタにはするなよ？　そのほうが問題だからな？」

佐生のことを常識人と思い、依頼をしたが、説明が悪かっただろうかと後悔《こうかい》していた瞬に、佐生が「安心しろ」と笑いかけてくる。

「小説に書くときには必ず事前に許可を取る。安心して任せてくれよ。俺も少しはお前の役に立ちたいんだからさ」

佐生はそう言ってくれたが、なんとも『軽い』感じがすることに一抹《いちまつ》の不安を抱きつつも、瞬は彼のやる気に任せることにし、明日から頼む仕事の詳細について説明を始めたのだった。


翌朝、瞬が出勤したときに、ちょうど部屋から出てくる斉藤捜査一課長と鉢合《はちあ》わせになった。

「お、おはようございます！」

緊張感を高めつつ挨拶《あいさつ》をした瞬に斉藤は、

「お前も苦労するな」

と同情的な視線を向け、立ち去っていった。

「？」

どんな苦労をするというのか。首を傾《かし》げながらも部屋に入った瞬に、徳永が声をかけてくる。

「斉藤課長から、西園寺にコンタクトをとっていい旨《むね》、了承を得た。今日も朝一で新宿に向かう。いいな」

「はいっ！」

一課長を説得できたことに、瞬は安堵《あんど》すると同時に、西園寺との対面を思い更に緊張を高めた。

「西園寺はどういうリアクションを取ってきますかね」

それで問いかけた瞬に対し、徳永は実に落ち着いていた。

「おそらく、ノーコメント、だろう。事情聴取というわけではない警察からの質問には、答える義務はないと突っぱねられるのが関の山だと思う」

「そう……でしょうね」

突っぱねられた場合、どうすればいいのか。具体的な方策を一つとして思いつかなかった瞬に、徳永がニッと笑いかけてくる。

「当たって砕けろ、くらいの気持ちでいけばいいさ」

「……はい」

常に冷静沈着な徳永にしては珍しく行き当たりばったりな感じだなと思ったせいで返事が少し遅れる。そんな瞬に徳永は、仕方ないだろうというように肩を竦《すく》めると、

「ともかく行くぞ」

と先に立ち、歩き始めた。

新宿への移動は、今日は地下鉄ではなく徳永が運転する覆面パトカーだった。覆面で行くと聞いたときに、瞬は自分が運転をすると申し出たのだが、

「到着までにこれを熟読しておけ」

と、五年前の事件のファイルを渡されたため、それで車を選んだのかと納得し、ファイルを開いた。

既に見てはいたが、『熟読』まではしていない。西園寺と会う前に、当時のことをきっちり把握《はあく》しておこうと瞬はすぐさま真剣に資料を読み始めた。

浦井美貴と西園寺の関係は『同じ会社に勤務している』だけと西園寺は証言しており、なぜ自分が犯人扱いされているのか真剣にわからないと言っていたという。

浦井にナイフで斬《き》りかかられたが、幸い、鞄《かばん》で避けることができたために死に至ること

はなく、軽傷ですんだ。

浦井は殺意を認めており、一歩間違えば殺されるところだったのに、西園寺側からの訴えは一切なかったというのもやはり違和感がある、と当時の西園寺の事情聴取の内容を見て瞬は首を傾げた。

父親の選挙の時期だったからというが、本人の言うとおり、美貴との間に『同じ会社』というだけの繫《つな》がりしかなかったら、こうも黙《だんま》りを決め込むだろうか。少しは後ろ暗いところがあったからこその『黙り』ではないかと、どうしても穿《うが》った見方をしてしまう。

「西園寺と浦井美貴さんの間には、特別な関係は本当になかったんでしょうか」

当時、散々捜査しただろうが、それでも気になり問いかけた瞬への徳永の答えは、

「おそらく」

という彼らしくない曖昧《あいまい》なものだった。

「S不動産内で聞き込みは勿論《もちろん》した。が、浦井が全面的に罪を認めていたため、動機についてはさほど重要視されなかった……というのは体面上で、上からの圧力もあった。言うまでもなく西園寺の父親が、選挙を理由に捜査の打ち切りを求めてきたという話だった」

「もしかしたら、会社の上司部下という関係以外にも繫がりがあった可能性もある、ということですか」

瞬の問いに徳永は、

「それを今日聞きにいく」

とハンドルを握りながらそう告げた。

「美貴さんを殺す動機は持ち得たかもしれない……が、アリバイは完璧《かんぺき》で犯人ではあり得ない。しかし浦井はなぜか彼を妹の敵と思い込んでいる……」

なぜなんだろう。浦井の供述調書を真剣に読み込んだが、その理由はやはりどこにも書かれていなかった。

「……DNA鑑定をしなかったことくらいしか、犯人と疑う理由はありませんよね?」

昨日、弁護士の鮫島から聞いた話を思い出し、瞬が徳永に確認を取ったとき、スマートフォンが着信に震えたため、「すみません」と携帯を取り出した。

電話ではなくメールで、差出人は佐生である。もしや浦井がアパートを出たのか、と緊張を高めながら、

「すみません」

と一応徳永に断り、メールを開いた瞬の目に、佐生が送ってきた写真が飛び込んできた。

「……え……」

どうやらカフェ内で撮影したらしい。窓側の席に座り、窓の外を見ているこの後ろ姿に

は見覚えがあるような、と思いつつメールの本文を読む。

『朝から見張ってるけど、この男、俺と目的同じっぽい』

「あ……」

佐生のメールを読んだ瞬間、瞬は写真の人物が誰か察し、声を漏《も》らした。

「どうした?」

徳永が様子を訝《いぶか》り問いかけてくる。

「浦井を見張っている佐生からのメールだったんですが、自分同様、浦井を見張っている男がいると、こっそり撮った写真を送ってきました」

「…………」

瞬の言葉に徳永が息を呑《の》んだ気配が伝わってきた。

「鮫島か?」

正解だという確信を感じさせつつ、問いかけてきた徳永に瞬は「はい」と頷き、ちょうど信号待ちで徳永がブレーキを踏んだため、スマートフォンの画面を彼に見せた。

「……確かに。鮫島だな」

ちらと画面を見た徳永は頷いたあとに、一人の思考の世界に嵌《は》まっていったようだった。

瞬もまた、鮫島について考え始める。

弁護士の仕事は決して暇ではないはずだ。しかし浦井が出所してからの彼は、まずは西園寺を見張り、次に浦井本人を見張り、と、通常業務を著《いちじる》しく妨げるような行動をとっている。

その理由はなんなのか。浦井に二度と罪を犯させたくないという高潔な倫理観《りんり》からか。そもそも、浦井はどういう経緯で自身の弁護を鮫島に依頼したのだろう。偶然――国選弁護人が鮫島だったのか。それとも何かしらの繋がりはあったのか。

個人的な繋がりがなければ、そうも親身になれるだろうか。それを聞こうとした瞬が口を開くより前に、徳永が答えを与えてくれる。

「鮫島弁護士側から浦井にアプローチがあったと記憶している。駅で浦井が目撃情報を求めるビラを配っていた姿をよく目にしたとかで、ボランティアで弁護を引き受けたということだ」

「……ボランティア……」

今もまた『ボランティア』で浦井を見張っているというのか。少々 too much すぎるような、と眉《まゆ》を顰《ひそ》めた瞬に徳永が問うてくる。

「気になるか」

「はい」

「俺もだ」

淡々と同意の意思を示してきた徳永が、ふと思いついた様子で瞬に声をかけてくる。

「佐生君には、浦井は勿論、鮫島についても深追いはするなと伝えてくれ。彼を巻き込むわけにはいかないからな」

「わかりました」

返事をすると瞬は急いで佐生に、今、徳永に言われたとおり、浦井も鮫島と思《おぼ》しき男も深追いしないようにとメールを打った。

佐生からはすぐに『了解』と返信がきたが、逆に佐生の好奇心を煽ってしまったかもしれない、と心配になった。

しつこいと思いつつ『無茶するなよ。あと、長時間いすぎて怪しまれたらすぐ、店を出ろよ』とメールすると、予想どおり『しつこい』と返信がくる。

このリアクションの速さからすれば、何かあった場合即座に連絡がくるだろうと、無理矢理自分を安心させたあたりで、車は新宿の高層ビル街へと到着した。

駐車場に覆面パトカーを停めると徳永は瞬を連れて西園寺の勤め先、S不動産の総合受付のあるフロアを目指し、エレベーターに乗り込んだ。

「五年ぶりか」

エレベーター内で、ぽつ、と徳永が呟《つぶや》く。

「…………」

五年前、浦井の妹の事件のとき以来ということか、と瞬が見やった先では、徳永が厳しい顔でエレベーター上部にある通過階のランプが次々灯る様を見上げていた。

やがて指定階に到着し、扉が開く。徳永は先に降りると真っ直ぐに受付へと進んでいった。

「すみません、約束はないのですが、西園寺部長にお会いしたいのですが」

声をかける前から徳永の顔に見惚《みと》れていた受付嬢が、笑顔で問いかけてくる。

「失礼ですがお客様のお名前を伺《うかが》えますか？」

「徳永です。以前、何度かお話を伺いました」

「……徳永様ですね。少々お待ちください」

社名を告げなかったため、受付嬢は一瞬訝しげな表情になったが、すぐに笑顔を作り、電話をかけ始めた。

「西園寺部長にお客様です。徳永様。以前、何度かお話しされたことがあると……」

電話に出たのは秘書らしく、本人に確認を取っているのか待たされる。

「え？　あ、はい。わかりました」

受付嬢の表情が曇ったので、瞬はてっきり、取り次いでもらえないのかと思ったのだが、電話を切った彼女が告げた言葉は、

「西園寺はすぐ参ります」

というものだった。

「ありがとうございます」

徳永が笑顔を向けると、彼女もまた笑みを浮かべたが、表情は相変わらず不安そうである。どういうことか、と思っていると背後でエレベーターが到着する音がし、靴音《くつおと》を響かせる勢いで西園寺が徳永に真っ直ぐ向かってきた。

「お忙しいところ申し訳ありません」

丁重な口調の徳永を一瞥《いちべつ》すると西園寺は、

「やはりお前か」

と吐き捨てるように言ったかと思うと、来い、というように顎《あご》をしゃくりエレベーターホールへと引き返す。何が何やらわからないまま、瞬は慌てて二人のあとを追い、相変わらず不機嫌そうな表情の西園寺が呼んだエレベーターの箱に、置いていかれまいと焦って乗り込んだ。

エレベーター内で西園寺は終始無言だった。やがてエレベーターが一階に到着し、箱の

中にいた人間が一斉に降りていく。西園寺はまるで徳永や瞬がいないかのように一人で一階に降り立つと、そのままエントランスを突っ切り、ビルの外に出た。徳永もまた無言で彼のあとを追い、そのあとを瞬が焦って追いかける。

西園寺が足を止めたのは、高層ビルの間、少し通路が広くなっているスペースで、振り返ったかと思うとそれこそ取り殺しそうな目で徳永を睨《にら》みながら喋《しゃべ》り始めたのだった。

「お前は確か、五年前にしつこくつきまとっていた刑事だよな。一体なんの用だ？　今日来たことを上司は知ってるんだろうな？」

抑えた声音《こわね》ながら、激しい語調でそうまくし立てた西園寺の形相《ぎょうそう》は恐ろしいものだったが、対する徳永は実に淡々としていた。

「覚えていてくださったとは、光栄です」

「嫌みが通じないのか」

西園寺の苛立《いらだ》ちが増したのがわかる、と瞬は密かに首を竦《すく》めた。

「お知らせしたいことが。浦井が刑期を終え、出所しました」

相変わらず冷静な口調で告げた徳永の言葉に対する西園寺の反応は、

「浦井？」

という、まるで知らない男を問うようなものだった。

なぜ忘れるんだ、と驚いた瞬のリアクションが大きかったからか、西園寺の視線が彼へと移る。

「何が言いたい？」

今度は瞬が睨まれることになり、どう答えればいいのかと焦っていると、横から徳永が助け船を出してくれた。

「五年前にあなたを殺そうとした男ですよ」

「なんだって？　確か懲役《ちょうえき》八年のはずだろう？　待てよ、日本の司法はどうなってるんだ。俺を殺しかけた男がたった五年で社会復帰だって？　冗談じゃない」

憤《いきどお》るあまり西園寺の声はいつしか高くなっていたのだが、通行人が驚いたように振り返ったのに気づいたらしく、またトーンが下がる。

「……ともかく、俺には関係ないことだ。わざわざ知らせに来るまでもない……が……」

吐き捨てるようにして言葉を続けていた西園寺が、ここではっとした顔になり、黙る。

「西園寺さん、五年前、あなたには完璧《かんぺき》なアリバイがあり、警察はあなたが浦井美貴さん殺害の容疑者にはなり得ないと判断した。にもかかわらず、その説明を受けているはずの浦井裕はあなたが妹を殺害した犯人だと思い込んで凶行に至った。それはなぜなんでしょう？　なぜ、浦井はあなたを犯人と思い込んでいるのですか？」

「そんなことは知らない。浦井に聞けばいい」

言い返した西園寺が、徳永に問いかける。

「まさか浦井は未だに俺の命を狙っているのか？　だから知らせに来たと、そういうことか？」

今や西園寺の顔にははっきり、怯《おび》えの色があった。そんな彼をちらと見やったあと徳永がすっと目を伏せ、口を開く。

「今のところは特に何も。しかし」

ここで徳永が顔を上げ、西園寺を真っ直ぐに見据える。

「出所後の彼と顔を合わせましたが、復讐《ふくしゅう》心は消えていないように見受けられました」

「……そんな……」

途端に西園寺の顔から血の気が失せる。声を失う彼に徳永は畳《たた》み掛けていった。

「なぜ浦井はあなたを狙うのか。なぜあなたを犯人と思い込んでいるのか。浦井の妹さんとあなたの間になんらかの関係性を見出《みいだ》しているからだと思うのですが、それは一体なんなのでしょう？　それを教えてもらえませんか？」

「特別、関係などない。未だにそんなことを言ってるのか」

西園寺は徳永を怒鳴りつけたが、動揺《どうよう》の色は消えていないように瞬の目には映った。

『無関係』だとしたら、動揺はしないのでは。瞬の気づいたことに徳永が気づかないはずはなく、更に一歩詰め、西園寺に問いかける。

「あなたには浦井美貴さんを物理的に殺せなかったことはわかっています。だが兄の浦井はそれを認めない。あなたが人を雇って殺させたと考えているのかもしれません。あなたと美貴さんの間に何も関係がないとしたら浦井がそんな思い込みをするはずがない。浦井の勘違いでもなんでもいい。何か思い当たることはありませんか？」

「ないものはない！　失礼する」

しかし西園寺は折れなかった。吐き捨てたあとに徳永を突き飛ばす勢いで歩き去ろうとする。

「西園寺さん」

その背に徳永が声をかけると西園寺は振り返り、きつい語調で言い放った。

「本当に浦井が俺を狙っているというのなら、警察がなんとかしろ！　いいな？　俺に迷惑をかけるな！　もう、たくさんだ！」

それだけ言うと西園寺はもう振り返ることなく、怒りのままといった速い歩調で立ち去っていった。

「……絶対、怪しいですよね」

瞬が徳永に声をかけると、徳永もまた「ああ」と頷《うなず》いたあとに、苦笑めいた笑みを浮かべる。

「想像以上に怯えていたから、西園寺本人も保身の術《すべ》を何か考えるだろう。浦井もそうそう、手を出せなくなるんじゃないか」

「そう……ですね」

そのための訪問だったのか、と瞬が納得したところで、徳永がスマートフォンをポケットから取り出す。

「はい、徳永です」

応対に出た徳永を前に、誰からの電話だろうと考えていた瞬は、徳永が、

「ありがとうございます」

と明るい顔になったのを見て、何事かと殊更《ことさら》彼に注目した。

「わかりました。それではまたミトモさんの店で」

その言葉を聞き、電話の相手を予想した瞬は、徳永が電話を切ったのを待ちきれず問いかける。

「藤原さんですか？　ルポライターの」

「ああ。西園寺と美貴さんの関係がわかったそうだ」

「ええっ」

このタイミングで、と驚いたせいで瞬の声が高くなる。

「行くぞ」

いつもであれば『煩《うるさ》い』といった注意をするはずの徳永も余程気が急《せ》いているらしく、そう言ったかと思うと物凄《ものすご》いスピードで歩き始めた。

「はいっ」

おいていかれないよう、焦って早足になりながら瞬は、果たしてどういう関係があったのかと気にすると同時に、この時間に店を訪れるとまた不機嫌全開の店主に迎えられるのではということへの心配もしていたのだった。

6

「……だから。なんだって午前中にウチの店集合にするのよ」

瞬の予想どおり、『Three Friends』店主のミトモの機嫌は最悪といってよかった。しかし、もともと面倒見がいい性格なのか、既に店内にいた藤原と、徳永や瞬のためにミネラルウォーターを出してはくれた。

「ありがとうございます」

徳永が申し訳なさそうな顔で礼を言ったときだけ、ミトモの顔に笑みが浮かんだ。

「人目があるから仕方ないわよね」

「ミトモさん、本当に自分好みのイケメンには甘いよね」

ぼそ、と藤原が瞬に囁《ささや》いてくる。

「……本当に」

フレンドリーな人だな、と内心思いながら瞬が頷き返したのを、ミトモはしっかり聞い

ていて、二人をジロ、と睨《にら》むと、

「それじゃ、アタシはもう寝るわ。あとはご勝手に」

と奥に引っ込んでしまった。

「それじゃ、早速始めますか」

藤原がポケットから手帳を取り出し話し始める。

「西園寺と浦井美貴は上司部下の関係でしたが、深堀りしていくと、不倫《ふりん》関係にあったのではという話が出てきました」

「不倫！」

そういうことか、と高い声を上げた瞬の後頭部を徳永が軽く叩く。

「痛」

「静かに」

「はは、確かにその声じゃ、ミトモさんが起きるかも」

藤原が苦笑し、話を続ける。

「ただ、確証は得られていないんです。もしかしたら当てこすりかもしれない。というのもこの情報をリークしてくれたのが、六年前まで西園寺と恋人関係にあった彼のもと部下――にして元カノなので、信憑性《しんぴょうせい》のほどはちょっとわかりません」

「六年前……なるほど。美貴さんが入社する前まで、ということですね」

頷いた徳永に藤原が「そうです」と頷き返す。

「元カノは白井《しらい》ほのかさんというんですが、彼女曰《いわ》く、浦井美貴さんが入社したから自分はお払い箱になったと。ただ、その時期はちょうど西園寺が結婚した時期と重なっています。相手はやはり有名代議士の娘で、それが別れのきっかけだったと考えるのが妥当《だとう》という見方もあります」

「なぜ、彼女はそう思わなかったんでしょう」

徳永の問いに藤原が、

「一方的な言い分ですが」

と断ってから説明を始める。

「結婚相手は、まったく西園寺の趣味ではない女性だと言うんです。本人も『政略結婚』と言っていたと。結婚が決まったのは挙式の二年以上前で、結婚したあとも愛人関係は続けたいと西園寺には切望されていたそうです」

「それが結婚後、別れることになった、と」

「白井さんの存在が妻側に知られることになり、それで別れなければならなくなったというのが西園寺の言い分で、当初、彼女もそれを信じたそうです。しかし実際は西園寺の気持ちが新入社員として彼の下に配属された浦井美貴さんに移ったからだとわかった……と言うんですが、そのあたりがどうも彼女の主観が入りすぎていて、正しいのか正しくないのかが曖昧《あいまい》で」

「なぜ彼女はそう思うに至ったんです？」

徳永の問いに藤原は、

「女の執念ですかね」

と肩を竦《すく》めてみせたあとに手帳をめくる。

「美貴さんが入社してきたとき、一目で西園寺の好みだと思った。その後、西園寺から別れを切り出されるに至り、白井さんは二人の動向をつぶさに観察していた。それで二人の関係に気づいたと言うんですよ。表面上、上司部下以上の仲であることを一切見せていなかったのは、奥さんの存在もあったが、自分に気づかれたくなかったからではと言っていました。別れる理由が結婚ではなかったとわかれば、騒ぎ立てられると思われたようだ、と。まあ、なんていうか、そんな感じの女性ではありました。理性が感情に勝《まさ》るというか」

「彼女は今？　まだ西園寺の部下なんですか？」

徳永が問いかけたのに藤原が「いえ」と首を横に振る。

「五年前、浦井美貴さんが殺害された事件のあと、退社したそうです。西園寺が怖くなったと言っていました。白井さんも犯人は西園寺だと思っていて、西園寺が父親の力を使ってアリバイを捏造《ねつぞう》したか、もしくは人を雇って美貴さんを殺させたんじゃないかと。自分も殺されたくないので一切かかわりを断った、と怯えていました。ちなみに今、彼女は都内のアパレルメーカーに勤務していて、一度結婚しましたが離婚して現在、独り身です。それでいろいろ語ってくれたんですけど、徳永さん、どう思います？」

「藤原さんの感触としては？」

問いに問いで返した徳永に藤原は、

「半々、ですかね」

と首を傾《かし》げる。

「ほぼ彼女の主観ではあるんですけど、思い込みとは言い切れないかなと」

「そう……ですか」

徳永が何か思うところがあるような相槌《あいづち》を打つ。

「俺が気になったのは、白井さんが西園寺を恐れるようになったのが、事件の前に占い師にみてもらったことがきっかけになっているというところでした」

「占い師!?」

ここで思わず瞬は、注意されていたにもかかわらずまた、素《す》っ頓狂《とんきょう》なほどの大声を上げてしまった。

「うるさいわよっ」

奥からミトモの怒声が響いたことで、我に返り、慌てて声を潜める。

「占い師がどうかかわっているんですか？」

「唐突《とうとつ》でびっくりしたよね。彼女は少しも疑ってないいんだが、話を聞くにどうもこの『占い師』が胡散臭《うさんくさ》くてね」

藤原は瞬には気さくな感じで話しかけてくる。そのほうが突っ込みやすくもあるのだがと、瞬は彼にすかさず問いかけた。

「胡散臭いって？　どういうことです？」

「占い師は大学時代の友人の紹介ということだった。白井さんが唯一、西園寺との不倫を打ち明けていたその友人は占いが趣味で、色々なところで鑑定してもらっていたとのことで、その彼女が当たると評判だと教えてくれた人物だそうだ。占い師は男で、白井さんはその占い師に聞かれるがまま、名前こそ出さなかったものの、西園寺の結婚のことや美貴さんのことを教えたって言うんだよ。で、鑑定結果は『西園寺は危険』というものだったそうだ。目的のためなら手段を選ばない。自分の邪魔になる人間は排除するような男だから一刻も早く離れたほうがいいと。白井さんは最初その鑑定を聞いて占い師を疑ったんだそうだ。西園寺が自分と別れるために友人に手を回して、買収した占い師を差し向けたんじゃないかと。聞くまでもなく『手段を選ばない』ことは今までの付き合いでわかっていたからと言うんだよね。しかしその後すぐ、美貴さんが殺されるに至って、やはりあの占い師は当たると思った、というんだが、なんともできすぎた話だろう?」

「その友人のところにも話を聞きに行かれましたか?」

徳永がここで、淡々と突っ込む。

「勿論《もちろん》。友人も五年前のことはよく覚えていました。誰に頼まれたということはないと断言していましたよ。占い師を紹介したのも自分の意思だったと言ってました。その占い師を知ったきっかけは、彼女がよく行く占い師の紹介ということでした。占い師が同業者を紹介するのは珍しいと思ったのだけれど、実際によく当たったのと、開業したばかりで料金が安かったので、不倫をしている友達にも紹介したのだそうです」

「で、当然その占い師を探した」

徳永が少し先回りをして問うたのに、

「五年前に鑑定を受けたあと、またみてもらいたいと連絡をとろうとしたら、既に携帯は通じなくなっていたとのことです。その占い師を紹介した占い師も、廃業してしまったようで連絡が取れないと言っていました。話しているうちに彼女は、当時はあまり突っ込んで考えなかったが、占い師が占い師を紹介するのもおかしいし、鑑定があれだけ当たったのも、自分が通っていた占い師にあれこれ聞いたせいじゃないかと気づいたと訝《いぶか》っていました。ただ、彼女と西園寺の間に接点はまるでなく、西園寺が自分の占い師に手を回したというのはちょっと考えられないとも言っていました」

「占い師への糸は途切れたんですか？」

「いや、紹介したほうの占い師は、昔の彼の事務所の賃貸契約などを辿《たど》り連絡がつきました。五年も前のことなのであまり覚えていないが、顧客《こきやく》を紹介してほしいと頼まれたことはあると言ってましたよ。一人につき五万と破格の値段だったので顧客情報を提供した上で斡旋《あつせん》をしたと認めましたが、どこの誰ということは知らないそうです」

「紹介した顧客も複数いたと」

「十名だか紹介して五十万をもらったと言ってました。その男は今は占い師を廃業し、実家の酒屋を継いでいます」

「占い師の間ではよくあるんですか？　顧客を紹介し合うとか」

ないだろう、と思いながら、一応の確認を取った瞬に、藤原が、

「いや」

と首を横に振る。

「滅多《めった》にないことだったのでよく覚えていると言っていたよ」

「……西園寺と美貴さんの情報を得るため占い師を仕込んだ……手が込んでいる上に、成功率が低そうなのが気になるが……」

徳永がぽつりと呟《つぶや》く。

「少なくともその占い師は、西園寺と美貴さんの間に不倫関係があったと白井さんに聞いた。実際、二人の間にそうした関係があったかはわからないが、その占い師が浦井の耳に情報を入れた可能性はある……」

あたかも独り言のようにそこまで呟いた徳永が、はっとしたように顔を上げ、藤原に問いかける。

「白井さんと浦井の間に接点はないんですよね？　白井さんの友達とも」

「ありません。白井さんも彼女の友達も、浦井のことはまったく知りませんでした。白井さんが美貴さんに兄がいたことを知ったのは事件のあとだったとのことです」

「……正直なところ、信頼性でいうとどうなのか、とは思うが……」

藤原の返事を聞き、徳永が言葉を選ぶようにして語り出す。

「占い師の件はまったくの偶然かもしれない。少なくとも十名以上は顧客情報を渡したとのことだったから、たまたまその中の一人が西園寺と美貴さんの関係を疑う白井さんの友人にあたった、と考えるほうが確率的には高そうな気はする……が……」

「そうなんですよ。偶然という可能性は高いでしょうが、時期が重なっているのが気になるんです。当時のことを色々調べてみたんですが、亡くなった美貴さんと西園寺の間に不倫関係があったということを疑っている人間には、白井さん以外、誰にも行き当たりませんでした。西園寺が浦井に殺されかけたことで、当時警察は西園寺と美貴さんの関係を一通り洗ったはずですが、何も出てこなかったと聞いています」

「ただ警察の捜査には途中で西園寺の父親からの横槍が入っている。もう少し深掘りをしていけば関係が見出《みいだ》せたかもしれない」

徳永はそう言い、瞬を見た。

「……と、いうことは……？」

徳永が導き出した結論とは、と瞬もまた彼を見返す。

「整理をしよう」

徳永はそう言うと、瞬と藤原、二人を見渡してから改めて口を開いた。

「占い師が西園寺と白井さんの関係を知って近づいたとしよう。その時点では美貴さんはまだ生きている。彼女が亡くなったのは占い師が関係を知ったあととなる」

「占い師の目的は、西園寺の当時の恋人を探すことだった？　元カノである白井さんに近づいたのもそれを確認するためだというんですか？」

未だ、瞬は何も頭の中を整理できていなかったが、藤原が驚いたように問うのを聞いて、そういうことか、と気づいた。

「それが一つの可能性だ。その場合占い師の雇い主として考えられるのは？」

不意に問われたが、瞬はなんとか答えることができた。

「西園寺の結婚相手ですか？」

「代議士同士の、いわば政略結婚ではあるが、西園寺の身辺を綺麗《きれい》にすることが目的だったのかもしれない。それを可能性Aとしよう。占い師の目的は西園寺の身辺調査。次、可能性Bだ」

徳永が淡々と話を続ける。

「可能性BというかAの亜流として、占い師は西園寺の恋人が誰かを探る目的があり、結果、美貴さんが殺された場合。占い師、もしくは彼を雇った人間の目的は、西園寺の恋人の命を奪うことだった」

「その場合、雇い主が結婚相手の関係者ということは考えられなくなりますね。殺さずとも別れさせればいいだけですから」

藤原が言うのに徳永が「そうだな」と頷《うなず》き、瞬を見る。

「ええと、美貴さん殺害が目的の場合、雇い主が誰であるかという可能性は……誰でしょう?」

西園寺の恋人を殺したいほど憎んでいるのは、と考え、一人思いつく。

「元カノですか?」

「白井さんが美貴さん殺害を隠すために占い師の話をでっち上げた? それはなさそうだな」

徳永が切り捨て、藤原も頷く。

「ですよね……」

それに殺したとしても西園寺の心は戻ってこない上、そもそも彼は結婚している。さすがに殺害は企《くわだ》てないか、と瞬も自分の考えを取り下げた。

「占い師の目的は美貴さんを探ることだったというのは? しかし美貴さんが西園寺と付き合っていることは社内では誰も知る人間がいなかった。一人、元カノを除いて……となると、やはり占い師のターゲットは西園寺か、もしくは元カノの白井さんですよね」

喋《しゃべ》りながら途中で結論をくだした藤原は、

「やはり一番、可能性がありそうなのは、西園寺の女性関係を探ろうとしたということかもしれません。にしてもやり方はまだるっこすぎますが」

と腕を組み、首を傾《かし》げた。

と、ここで徳永が話題を変える。

「占い師の目的はひとまず置いておくことにして、その占い師が担《にな》った役割について考えてみよう」

「役割、ですか？」

問いかけた瞬の横から藤原が口を開く。

「浦井に美貴さんと西園寺の関係を明かしたのは占い師、もしくは占い師の雇い主だと、徳永さんは考えているんですね？」

「その可能性は高いと思う」

頷く徳永を見て、瞬は初めて、そういうことかと察し、理解の遅さを恥ずかしく思った。

「浦井が妹を殺害したのは西園寺だと思い込んでいるのは、不倫《ふりん》関係を知っていたから……。占い師を雇ったのはもしかして浦井本人でしょうか」

「占い師が白井さんに接触してきたときには、美貴さんはまだ生きている。その可能性は低いな」

徳永の指摘に藤原が「そうなんですよね」と溜め息を漏《も》らす。

「やはり占い師の目的を探る必要があるか……」

徳永がそう言ったあと言葉を途切れさせ、店内には沈黙が訪れた。

「……正解がわからないのが気になりますね」

暫《しばら》くしてから藤原が、ぽつ、と呟き、やがて顔を上げる。

「もう少し調べてみましょう。浦井に話を聞きに行ってみようかと思います。フリーのルポライターが当時の事件を掘り起こす、というのはよくあることですから」

「……ありがとうございます。しかし……」

徳永が躊躇《ちゆうちよ》してみせたのは、鮫島弁護士から釘を刺されたからだろうか。瞬が見守る先では藤原が、

「ご心配なく」

と笑顔になる。

「僕自身の好奇心もあります。浦井が復讐《ふくしゆう》を企てていることがわかっていて、見過ごすのにはやはり抵抗がありますし。そのかわり、自分でコンタクトを取ってみて、浦井がもう復讐を考えていないとわかれば、その時点ですぐ退《ひ》きますから。彼の更生に関し、迷惑には絶対ならないとお約束しますよ」

「……ありがとうございます」

懸案はすべて藤原が告げたということか、徳永は笑顔になると藤原に頭を下げた。

「よろしくお願いします」

「あわせて当時の——美貴さん殺害についても調べたいと思います。何かわかればすぐ、連絡しますので」

「そっちに関しては我々も捜査するつもりです。美貴さんを殺害した犯人が逮捕されれば浦井の西園寺への誤った復讐心は消えるでしょうから」

徳永の言葉を聞き、瞬もまた、そのとおりだ、と大きく頷いてしまっていたのだが、そのとき奥の扉が開き、室内だというのにサングラスをかけたミトモが現れた。

「ああ、すみません。起こしてしまいましたか」

恐縮する徳永にミトモが「いいのよ」と微笑《ほほえ》む。

「化粧《けしょう》を落としてしまってるのでサングラスでごめんなさいね」

そう断ると彼は徳永に向かい、胸を張って見せたのだった。

「占い師にはちょっと明るいの。占い師から顧客情報を買ったっていうそいつの行方《ゆくえ》はアタシが調べるわ」

「え?　ミトモさんが?」

徳永が戸惑った声を上げる傍で藤原が「かなわないな」と肩を竦《すく》める。

「俺には追い切れなかったけど、ミトモさんはすぐに見つけそうだ」

「りゅーもんちゃんはりゅーもんちゃんの得意分野で頑張ればいいのよ」

ミトモと藤原のやりとりをただ、見ていることしかできないでいた瞬の横で徳永が、

「ありがとうございます」

と頭を下げたあとに口を開く。

「占い師のあたりがついたら繋《つな》がりを調べてもらいたい人間がいるのです」

「あら？　誰？」

誰の名を言うのか。まったく心当たりがつかなかった瞬だが、徳永が告げた名を聞いて
また、驚きのあまり店内に響き渡る大声を上げてしまった。

「弁護士の鮫島時生《ときお》です。彼と西園寺のかかわりも是非《ぜひ》、調べていただきたい」

「鮫島弁護士ー!?」

「ちょっとぉ。寝不足の頭に響くんだけど」

途端にミトモから注意が飛んだものの、瞬は謝罪も忘れ、一体どういう理由かと思わず
徳永の顔をまじまじと見つめてしまったのだった。

ミトモの店の前で藤原と別れると徳永は、

「お前は新宿で見当たり捜査にかかれ」

と告げ、一人覆面パトカーに乗り込もうとした。

「あの、俺もそっちの捜査がしたいです」

おそらく徳永は先程言っていた、五年前の浦井美貴殺害について、改めて捜査しようとしているのだろう。

それなら自分も、と身を乗り出した瞬の額を、徳永が指先でピシッと弾く。

「痛」

「我々の仕事は見当たり捜査だ。お前は本来の捜査に戻れ。指名手配犯を見つけたらすぐ、小池に連絡を入れろよ？　一人だからといって暴走するんじゃないぞ」

徳永はそう言うと運転席に乗り込もうとする。このまま車を出しかねない彼の動きを止めたくて瞬は、先程から抱いている疑問をその場で徳永にぶつけることにした。

「すみません、なぜ鮫島と西園寺のかかわりを調べるんですか？」

「…………乗れ」

徳永がやれやれ、というように溜め息を漏らしつつ、顎《あご》をしゃくって助手席を示す。

「ありがとうございます！」

同行を許してくれたのかと期待したのも束の間、

「駅まで送ってやる」

と徳永に言われ、瞬はがっくりと肩を落とした。が、続く徳永の言葉を聞き、はっとして顔を上げる。

「鮫島はなぜ、浦井の動向をああも気にしているのか。それが気になったんだ。それで大《だい》胆《たん》な仮説を立てた。我ながら突拍子もないとは思ったが」

「どういう仮説です？」

大胆、そして突拍子もない。一体徳永は何を考えたのか。考えてもわからない上、すぐ新宿駅前に到着してしまう、と瞬は焦って徳永に問いを発した。

「少しは自分で考えろ」

徳永は一瞬、厳しい顔になったものの、すぐ、

「あくまでも仮説だぞ」

と断り、口を開いた。

「浦井に、西園寺が妹を殺したのではと知らせたのが鮫島だとしたら？　だからこそ彼は、西園寺を見張り、浦井を見張っているのではないか」

「え？　それはつまり……占い師の雇い主は鮫島だったということですか？　あ、違う。そうとはいえないか。雇い主はともかく、占い師から情報を提供されていたのが鮫島で、それを浦井に伝えた？　なんのために？　彼に西園寺を襲わせようとしたと、そういうことですか？」

「……改めてそう言われると、無理があるな、やはり」

徳永が首を傾げる。

「もし鮫島が西園寺を殺そうとした場合、こんなまだるっこしい方法をとるだろうか。そもそもどういった理由で鮫島は西園寺を恨むのか。二人に接点はあるのか……そのあたりを知りたいと思ったんだ」

「……接点……同年代……ではありますね」

西園寺と鮫島、二人の顔を思い浮かべた瞬は、次にスマートフォンを取り出し、鮫島の名前で検索をかけた。続いて西園寺の名でも検索し、出てきた二人のプロフィールを見比べる。

「同級生……いや、西園寺が早生まれだから一つ上か。あ、でも浪人や留年をすれば同学年？　しかし学校で被《かぶ》っているところはないですね。鮫島弁護士は国立のT大、西園寺は私立のS大……趣味は同じで映画鑑賞。あ、西園寺のほうは学生時代、映画制作の経験ありと書いてあります」

「……映画か……」

徳永が呟《つぶや》いたところで、車は新宿駅前に到着した。

「いいな？　無茶はするなよ？」

徳永に瞬は相当信用がないらしく、再度念を押された上で車を降ろされる。

「何かあれば即、電話しろ。あと、佐生君には家に戻ってもらえ。いいな？」

それだけ言うと徳永は瞬を残し、車で走り去ってしまった。

「…………」

共に行きたかった、と思わず溜め息を漏らしてしまった瞬だが、すぐ我に返ると、徳永の指示に従うべくスマートフォンを取り出した。

と、そのタイミングでスマホが着信に震える。かけてきたのが佐生とわかると瞬は慌てて応対に出た。

「はい、麻生」

『瞬か？　今、浦井がアパートを出た。カフェで彼を見張っていた男があとを追おうとしたのか店を出たよ。俺はどうすればいい？　彼らを尾行しようか？』

「それが……」

やる気溢《あふ》れる声を出す佐生に対し、徳永の命令を伝えるのは酷《こく》だと思ったこともあった。

『ひとまず、あとをつけてみる。気づかれそうになったら逃げるから』

それで言い淀《よど》んでいる間に佐生はそう言うと電話を切ってしまった。

「あ、おい！　もしもし？」

音のしなくなったスマホを瞬は暫《しばら》く見つめていたが、やがて、電話を切ると、これからどうしよう、と思考を巡らせた。

浦井はどこに行こうとしているのか。彼の狙いはどこにあるか。考えると自然とこの先向かう場所が見えてくる。

現地についてから、徳永には連絡を入れよう。瞬はそう心を決めると新宿西口の高層ビル群に向かい駆け出した。

浦井の目的地はSビル——西園寺の勤務する会社の入っているビルだとあたりをつけたがゆえの行動だったが、本当に浦井が西園寺を狙おうとした場合、どのようにすれば西園寺を護衛できるのか。

頭の中で幾通りものシミュレーションを組み立てながら瞬は、浦井に罪を重ねさせまいという己の願いのもと、西口に向かい全速力でダッシュしたのだった。

7

「今日はお疲れ」

「いやあ、結局、役に立ってないような……」

その夜、瞬は佐生の好物の、駅前に出ている屋台のたこ焼きを二パック、土産《みやげ》に購入し帰宅した。

佐生は申し訳なさそうにしていたが、それは彼が尾行の途中で浦井と鮫島の行方を見失ってしまったためだった。

地下鉄の駅に入ったところまでは確認したが、佐生が改札を通ろうとしたときには既に、浦井と鮫島を乗せたと思《おぼ》しき電車のドアが閉まってしまったそうである。

「見張りの男のほうはずっと同じ店内にいたから、あまり近づくとバレるんじゃないかと用心しすぎてしまった。尾行って本当に難しいな。刑事はよく気づかれないようにやってると思うよ。瞬もできるんだろう？　どうやるのか、教えてくれよ」

余程悔《くや》しかったのか、しつこくそう聞いてくる佐生をなんとか宥《なだ》めた瞬だったが、実は彼自身、二人の行方を佐生以上に気にしていた。

というのも、佐生からの連絡があったあと、ずっと新宿西口のSビル前で張っていたのだが、ついに浦井の姿も鮫島の姿も見出《みいだ》すことができなかったためである。

外出していた西園寺が建物内に入っていくさまも、彼が帰宅するさまも確認できたのだが、浦井や鮫島の姿はついぞ見かけることがなかった。

二人はどこに消えたのか。考えを巡らせていた瞬に佐生が問いかけてくる。

「明日も見張る？」

「連日カフェに長時間いると目立つよな」

なので明日はやめておこう、と言うつもりだったのに、佐生はすっかりやる気になっているらしく、

「浦井を見張っていたのって弁護士だっけ？」

と会話を続けようとする。

「まあ……うん、そうかな」

「弁護士ってそこまでするのかな？　なんかドラマみたいじゃない？　弁護士だって忙しいだろうし……」

「そこだよな、本当に」

気づかれぬように撮影したという鮫島の後ろ姿の写真を見ながら瞬はぽつりと呟いた。

「だろ？　だから明日、また見張ってみるよ。今度こそどこに行ったか、突き止めてやる」

「いや、もういいんだ。お前を巻き込むわけにはいかないし」

「巻き込まれないよ。だって無関係だもん」

「にしてもさ」

佐生が好奇心旺盛《おうせい》だとわかっていたのに、依頼してしまったのは自分だ。一抹《いちまつ》の後悔《こうかい》をしていた瞬は、尚も佐生に断ろうとしたのだが、続く彼の言葉を聞き、思わず問い返してしまった。

「弁護士が思い詰めた顔をしているのも気になったんだよね。なんだろうなあ、彼のほうが犯罪者みたいだったよ」

「犯罪者？」

どうして、と思わず問うてしまった瞬に、佐生がニッと笑いかけてくる。

「気になるだろう？　だから明日も見張るよ。任せてくれ」

「いやあ、それがマズいんだよ」

徳永にももう、佐生はかかわらせるなと言われている。それだけ危険ということなのだろうとわかるだけに瞬はなんとか佐生を止めようとしたのだが、佐生のやる気を抑えることはできなかった。

「マズくないよ。絶対かかわらないから。話しかけることもしないし。だから見張らせてくれよ。『尾行』を極めたいんだ。今後の作家生活のためにも」

「いやあ……」

『作家生活』って、まだ作家じゃないだろう、とツッコミを入れる余裕を佐生は与えてくれなかった。

「大丈夫。任せろ。マズいことは絶対しない。そうそう、ネットで当時の事件、調べたんだ。不思議だよな。なぜ浦井は西園寺を犯人と決めつけたんだろう」

「そこなんだよな」

首を傾《かし》げた瞬に、佐生もまた首を傾げつつ言葉を発する。

「巨大掲示板で見たんだけど、西園寺って最低の男らしいが、当時、美貴さんと付き合っていたという情報はどこにもないんだよな。完全な逆恨みっぽいんだけど、普通、調べたりしないのかなあ？　妹さんを殺した犯人はまだ逮捕されてないっていうけど、他にも当時、似たような事件があったよね？　なんで浦井は西園寺が犯人だと思ったんだろうな？

アリバイもあったっていうのに」

「そうだ。そのアリバイについては徳永係長が立証したから間違いはないと思う」

「他の事件についてもアリバイは調べたんだよな？」

「他の事件って？」

「なんだ、知らないのか？　仕方がないな。説明しようか？」

なんだか立場が逆転している。我に返った瞬は、形勢逆転せねば、と口を開いた。

「ともかく明日からはもう見張らなくていいよ。徳永さんからもＮＧが入った。なので大人しく家にいてくれ」

「大丈夫だって。明日も見張るよ。弁護士がまた来るかどうかも気になるし。ちょうど今は大学も休みで暇なんだ。任せてくれよ」

「…………うーん…………」

頷《うなず》いていいものか悪いものか。躊躇《ちゅうちょ》していた瞬に佐生が大きく頷いてみせる。

「大丈夫！　もし、弁護士がカフェに現れたらその時点で見張るのをやめるから。約束する。任せてほしい」

「……うーーん……………」

どうしよう。取り敢《あ》えず徳永に指示を仰《あお》ぐか。しかし徳永は過去の事件の捜査でそれどころではなさそうだ。

過去の事件——五年前の事件を佐生がネットで調べ、『他の事件』に言及していた。それを聞いておくか、と瞬は、問題を先送りにしている自覚を抱きつつも彼に問いかけた。

「ところでさっき言ってた他の事件って?」

「七、八年前も若いOLが暴行されて殺された事件が二件あった。それもまだ犯人が見つかっていないらしいけど、同一犯ってことはないかな?」

「その話は聞いてないな」

首を捻った瞬に佐生が説明を始める。

「連続性はあるような気がしたよ。被害者は奥多摩の山中だの、河川敷だのに捨てられている。二人とも若いOLで美人で真面目《まじめ》そうなタイプ。そして会社帰りに連れ去られ、殺されている」

「確かに……」

共通点はある。徳永に確認してみようか、と考えていた瞬の横で佐生がぽつ、と呟いたが、その声は瞬の胸に深く刺さった。

「犯人は今頃、何をしてるんだろうなあ」

「…………本当に…………なんとかしないとだな」

「この機会に逮捕できるといいよな」

「ああ」

犯人が逮捕できさえすれば、浦井も間違った相手に復讐《ふくしゅう》心を募《つの》らせることはなくなる。

やはり五年前の事件を捜査することが一番の早道なのかもしれない。

考えていた瞬の耳に、佐生の声が響く。

「そういうわけだから。明日も見張るよ」

「うん……あ」

しまった。頷いてしまった。後悔するもあとの祭り、

「頑張るよ！」

と佐生には大きく頷かれてしまった。

「あ、いや、その……」

このままでは認めたことになってしまう、と慌てる瞬に、佐生が明るく声をかけてくる。

「ああ、そうだ。叔母《おば》さんからいつものご当地お菓子を貰《もら》ったんだ。福島の『ままどおる』。瞬も好きだよね」

「凄《すご》い好き。叔母さん、福島行ったの？」

「患者さんから貰ったって言ってた。ありがたいよね」

「本当に。買いに行きたいくらい好きだから」

声を弾ませた瞬に佐生が笑いかけてくる。

「事件が一段落ついたら買いに行こうよ。お前とは旅行、あまりしてないし」

「ああ、そうだな」

思えば刑事になってから、気持ち的な余裕がなくて、佐生と遠出をすることもなかった。少しはそうした心の余裕を持ったほうがいいのかもしれない。そんなことを考えていた瞬に佐生が、

「あ、そういえば」

と何か思いついた声を出した。

「なに?」

「叔母さんに『ままどおる』もらったときに、知り合いに西園寺代議士の関係者がいないか、聞いたんだった。答えは『いない』だったんだけど、五年前の事件のことは覚えていて、不思議だなって言ってたよ」

「不思議って?」

犯人扱いされたことに対してか、と問いかけた瞬に、佐生が答える。

「本当にとばっちりだったら、選挙戦が有利になるよう公表したんじゃないかってさ。そ

れをしなかったってことは、多少の後ろ暗いことはあったんじゃないかって深読みしていたよ」

「叔母さんの言うとおりだよな」

最初にその話を聞いたときから、違和感はあったのだった、と瞬は佐生に向かい大きく頷いた。

「やっぱり被害者と何かしらの関係があったのかもしれないな」

「あとは探られたくない過去があるとか？　逮捕こそされていないが犯罪歴があって、それがクローズアップされちゃたまらないと思ったのでマスコミをシャットアウトした……なんてどう？」

「それは……」

考えなかった、と啞然《あぜん》とした瞬の前で、佐生がスマホを操作し始める。

「何してる？」

「西園寺譲の名前で画像検索している。あ、これ、学生時代かな。いかにも悪そうだよ。金髪で」

「え？　金髪？」

意外だ、と瞬は佐生からスマートフォンを受け取り、画面を見た。

「……っ」

スマートフォンの画面には、ちゃらいとしかいいようのない若い男が写っている。

「西園寺……だな」

よく見るまでもなく彼だ、と若い頃の西園寺を瞬はまじまじと眺め始めた。

「サークルか何かの写真かな。映画の自主制作っぽい。カメラ持ってる奴とかいるし……」

横から佐生も写真を覗《のぞ》き込んでくる。

「監督とかやってたのかな。そんな感じだよね」

ああ、この写真もだ、と写真を次々送っていた瞬の指がある写真の上で止まる。

「……あれ？」

「どうした？」

佐生に問われたが、答える余裕なく瞬は写真のある部分を拡大するべく操作していた。

「瞬？」

「…………これ……」

見間違いのはずはない。一度見た人間の顔は忘れないという特技の持ち主である瞬に『見間違い』はあり得なかった。

「どうした？」

呆然《ぼうぜん》としている瞬の両肩を佐生が揺さぶり、視線を自分へと向けようとする。

「この、女の子の影になって顔半分しか写ってない男、これ……」

「え？　どれ？」

佐生もまた瞬と額をつけるようにして画面を見やったが、心当たりがないようで、

「誰？」

と問うてくる。

「ああ、そうか。佐生は顔をよく見ていないのかも」

「誰の？」

問うてきた佐生に瞬は、信じがたいと思いつつその名を告げる。

「鮫島弁護士じゃないかな？」

「えっ？　西園寺と関係があったのは浦井じゃなく弁護士だったっていうのか？」

そんな、と声を失いつつ佐生は再び画面を見たが、

「俺、顔はちゃんと見てないんだよな」

と残念そうな声を上げた。

「徳永係長に連絡する」

今、瞬ははっきり動揺《どうよう》していた。どういうことなのか。もしや何かしらの大きなたくらみが事件の背後に隠れていたのではないか。

これという答えを見つけられないまま瞬は自室に向かうと、スマートフォンを取り出し、徳永にかけ始めたのだが、指先は細かく震えてしまっていた。

『どうした』

徳永はワンコールで応答した。

「あの……今、佐生と一緒に西園寺の昔の写真をネットで検索して見ていたんですが、そこに……写ってたんです」

『誰がだ』

徳永には瞬の興奮がよく伝わっていないようで、訝《いぶか》しげな声を上げている。

「ですからあの！」

興奮しすぎて名前がなかなか出てこない。落ち着け、と自分に言い聞かせていた瞬に、徳永が問いを重ねてきた。

『誰だ？』

「鮫島です」

『なんだと!?』

この瞬間、瞬の興奮が徳永に伝染した。

『どういうことだ？』

「徳永さんも見てみてください。西園寺の名前で画像検索すると彼の学生時代の写真が出てきます。金髪の。その中の一枚に鮫島が写っていたんです」

『画像検索か。ちょっと待ってくれ』

やってみる、と徳永が告げたあと、暫《しば》しの沈黙が訪れる。

『……これ……か？』

徳永が訝しげな声を出す。

「今と随分《ずいぶん》、印象は違いますが、一人だけ写っている女の子の後ろに顔半分隠れてる、眼鏡《めがね》の、チェックのシャツ。ちょっとワンレンみたいな髪型の。それ、鮫島ですよね？」

『チェックにワンレン……これか？』

見て尚、徳永は訝しげだった。

「間違いありません。鮫島です。隣にいる女性は恋人ですかね」

『……お前が言うのなら間違いはないだろうが……今とはかなり違うな』

徳永の答えに瞬は改めて、鮫島のイメージチェンジを感じた。

「敢《あ》えて違うようにしているんでしょうかね」

『……これは映画の自主制作の集まりらしいな。その頃のことを調べてみるか』

「そうですね」

頷《うなず》いた瞬の耳に、徳永の緊張感溢《あふ》れる声が響く。

『……予想外の展開になりそうだ』

「…………」

確かに。頷いた瞬に徳永は、

『五年前の謎が今、解き明かされようとしているのかもしれないな』

と告げたあと、

『それじゃあまた明日に』

と、電話を切った。

「…………」

瞬は暫《しばら》く、そのまま固まっていたが、やがて電話を切ると改めて自分のスマートフォンで検索をし、先程見た西園寺の写真を呼び出した。

徳永は訝っていたが、やはりこれは鮫島弁護士だと思う。顔半分しか見えないが、間違いないと、画面を見つめる。

鮫島は敢えて印象を変えているようである。下手《へた》をしたら整形もしていかねない、と瞬は改めて鮫島の若い頃と思《おぼ》しき男の顔を見た。

瞬の能力として、一度見た人の顔は忘れないというのに加え、どんなに変わっていようとも同一人物であれば見抜くことができる、というものがあった。

どう見てもこれは鮫島だ。ということは西園寺と鮫島は若い頃、同じ空間にいた。それは間違いない。

鮫島の隣にいる女性は誰なのだろう。なんとなく予感がする、と瞬は、明日にも西園寺が大学時代に所属していた映画サークルを調べてみよう、と一人頷いたのだった。


翌朝、瞬が出勤したときには既に、徳永は出かける準備を整えていた。

「西園寺の大学時代を知る人間と会ってみようと思う。映画のサークルだったたな」

「はい。西園寺が中心となっていた映画制作のサークルで、制作資金は彼の財力に頼っていたようです」

昨日のうちに調べておいたことを瞬は告げ、徳永を見やった。

「そこに鮫島がいたかどうかを確認する。他にどういった人物が所属していたかもあわせ、調べてみよう」

「はい。個人的に気になっているのは鮫島の隣に写っていた女性です。距離感から鮫島の恋人ではないかと思われるので」

「鮫島がもし、西園寺と過去、かかわりがあるとしたのなら、状況はまったくかわってくる。なぜ鮫島はそれを隠しているのか。西園寺もそうだ。もしも当時、二人の間に何かしらの関係があったとしたら、なぜそれを西園寺は隠すのか。それを調べる」

「はい。ただ、西園寺にはその認識がないような気がします」

もしもあったなら、いの一番に言いそうだと思う、と告げた瞬に、徳永もまた頷いてみせる。

「確かにそのとおりだろう。もしも覚えていたとしたら、弁護士が鮫島であるとわかった時点で何かしらの行動を起こすだろうから」

「ですよね」

頷き返したあと、瞬は、となると、と徳永を見た。徳永もまた瞬に頷き返す。

「当時を知る人間とコンタクトを取ろう。同じサークルに鮫島がいたことをまずは確認する。彼と共に写る女性の身元の確認も急ごう」

「はい……はい！」

それが事件解決に繫《つな》がる予感がする。大きく頷いた瞬に向かい、徳永が真摯《しんし》な表情でこう告げる。

「今こそ、五年前に未解決となった事件の解決を望めるかもしれない。心していくぞ」

「はいっ！」

並々ならぬ決意を感じさせる徳永の言葉に、瞬もまた大きく頷く。

実際、徳永と力を合わせればそれも可能となるだろうという強い意志を胸に瞬は、

「行くぞ」

という徳永に対し、

「はいっ」

と力強く返事をすると、彼と共に執務室を飛び出したのだった。

8

徳永と瞬はまず、西園寺の母校S大へと向かい、かつて彼が中心となっていたサークルについて担当部署で調べてもらった。

「当時は公認サークルだったようで、記録は残っています。でももう随分前になくなっているようですね」

学生支援課の担当者の女性はパソコンを操作しながら二人に説明をしてくれた。

「公認サークルとして存続するためには、毎年更新手続をとらないといけないんですが、かなり昔に途絶えています。西園寺君が……幹事長が卒業したらもう、自然消滅といった感じになったんだったか……」

見たところ三十代後半といった彼女はどうやら、西園寺のことを知っているようだ。瞬がそう思ったときには徳永が彼女に問いかけていた。

「失礼ですが山中《やまなか》さんは西園寺さんのお知り合いですか?」

「え？　あ、はい」

名乗り合ってはいない。徳永は彼女の胸にある名札を見たらしかった。彼女も――山中もすぐそれに気づいたらしく、自身の名札に目を落としてから視線を徳永に向け、頷いてみせる。

「向こうが一年後輩です。西園寺君は有名人でしたのでよく覚えています。映画研究会のことも、言われて思い出しましたよ。派手なサークルだったなあ。よく構内でも撮影してました。ああ、そうだ。主演女優オーディションとかもやっていたような……」

「当時のサークルのメンバーがわかるような資料はありませんか？」

徳永の問いに山中は、

「どうでしょう」

と首を傾《かし》げる。

「サークルの名簿があれば一番ありがたいのですが」

「さすがに十何年も前のサークルの名簿は保存していないですね。きょうび、個人情報に関しては色々煩《うるさ》いので、数年でデータも削除《さくじょ》するようにしています。学生たちが勝手に作ったネットの名簿はこちらでは関知していないので残っているかもしれませんが」

「この写真をご覧いただけますか？」

ここで徳永は自分のスマートフォンを取り出し、昨日、画像検索でひっかかった西園寺の昔の写真を彼女に示してみせた。

「わー、懐かしい！」

山中の顔に笑みが浮かぶ。

「そうそう。イケイケって感じでしたよ。西園寺君。名字《みようじ》が独特なのでお父さんが政治家ってことは入学当初から有名でした。大学にポルシェとかで来ちゃうからよく目立って。しかしネットって怖いですよね。こんなやんちゃしてた頃の写真がまだｗｅｂ上に残っているなんて、本人は知ってるんですかね」

苦笑する山中に、徳永が写真を拡大しつつ、問いかける。

「一緒に写っている人はご存じないですか？　たとえば彼女とか」

徳永が示したのは、瞬が弁護士の鮫島と確信している人物だった。果たして彼女は知っているだろうか。瞬は思わずごくりと唾《つば》を飲み込んだ。

「長髪……オタクっぽいですね。ちょっとわからないかも」

しかし期待に反し、山中が首を横に振ったため、瞬は思わず溜め息を漏《も》らしそうになり、慌てて堪《こら》えた。

「あ、でもこの子は覚えてます。さっき言った、主演女優オーディションで選ばれた子ですよ。綺麗《きれい》な子だったけど……」

「『けど』？」

意味深に言葉を途切れさせた山中に、徳永が問いかける。

「……いえ。その……」

山中は言い淀《よど》んだが、徳永がじっと見つめていると、いたたまれなくなったように喋《しゃべ》り始めた。

「彼女、自殺したんです。主演映画の撮影が終わって暫《しばら》くしてから……。結局その映画はお蔵入りになって、新たにオーディションをして主演女優を決めていたかと思うんですけど、あまりよくない噂《うわさ》もあったように記憶しています」

「よくない噂というのは？」

徳永の問いに山中は今度、はっきり躊躇《ためら》ってみせたのだが、

「信憑性《しんぴょうせい》のないものでも結構ですよ」

と徳永に笑顔で促され、話す気になってくれたようだった。

「……自殺の原因は性的暴行を受けたから、という噂が出ました。映画の撮影中にという噂もありましたが、結局はうやむやのままになったような……次に撮った映画が何かのコンクールで賞をとったことで、皆の関心がそっちに向かったというのもありましたが……」

ここまで話すと山中は、

「かなり昔のことなので、記憶は曖昧《あいまい》です」

と改めて注釈を入れてきた。

「自殺した女子学生の名前等は調べられますか？」

徳永が彼女に問いかける。

「ウチの学生だったと思うので、調べられると思います……ですが……」

「お願いします」

山中が何を言うより前に徳永は頭を下げると、ポケットから取り出した名刺入れから名刺を一枚、彼女に差し出した。

「お手数ながらわかり次第、ご連絡をいただけますか？　よろしくお願いいたします」

「わ……かりました。すぐ、調べます」

頷いた山中は、何か問いたそうな顔をしていた。

「詳細を説明することはできないのですが、将来起こり得る犯罪を未然に防ぐために、彼女の名前が必要なのです。よろしくお願いいたします」

そんな彼女に対し、徳永はどこまでも真摯《しんし》な表情でそう言うと、深く頭を下げた。瞬も彼に倣《なら》い、頭を下げる。

「……実は……」

　そんな徳永と瞬を前に、山中は暫《しば》し逡巡《しゅんじゅん》していたが、やがて思い切った顔になるところ、話を切り出してきた。

「これもまた、信憑性のない噂なんですけど」

「結構です。信憑性については警察が捜査します」

　きっぱり言い切った徳永は瞬から見ても誰もが信頼せざるを得ないくらい、堂々としていた。それに背中を押されたらしい山中が、逡巡を見せつつもやがて口を開く。

「……当時、主演女優を暴行したのは西園寺君だという噂が少し流れました。すぐ立ち消えになりましたけど、あの頃の彼を思うと『根も葉もない噂』とは言い切れないものがあるなとは未だに思ってます」

「そうですか」

　徳永の表情には一見、変化がないように思われる。だが今、彼が興奮していることは、常に傍にいる瞬にはよくわかった。

「とにかく、すぐに彼女の名前は調べます。それから当時映画サークルに入っていた人間についても、周囲に聞いてみます」

「ご協力ありがとうございます。どうぞよろしくお願いいたします」

徳永がまた、深く頭を下げる。同じく頭を下げながら瞬は、己の考えと徳永の考えは同じものであるのか、それを確かめたくてたまらない気持ちになっていた。

山中のもとを辞し、覆面パトカーに乗り込むと瞬は、思い切り徳永に向かい身を乗り出し、問いかけてしまった。

「自殺したという女子大生が気になりますよね！　原因が西園寺だとしたら、彼がなぜ、鮫島が求めたＤＮＡ検査を承諾《しょうだく》しなかったのかわかる気がします。奴は絶対にＤＮＡを提出したくなかった。それは過去、後ろ暗いことがあったからじゃないでしょうか」

「その可能性は高い。まずは自殺した女子学生のことを調べるか。年代もほぼわかっているから、警察でも調べられるだろう」

徳永の口調は相変わらず淡々としていたが、彼の目には今、正義の炎が燃えさかっていた。

「筋道が……見えてきましたね」

万感の思いを込め、瞬がそう告げたそのとき、彼のスマートフォンが着信に震えた。

「あ……」

「かまわない。出るといい」

おそらくこの先のことを考えていたのだろう。淡々と告げる徳永に頭を下げ、スマートフォンの画面を見た瞬はかけてきたのが佐生とわかり、嫌な予感を抱きつつ電話に出た。

「どうした？」

『あ、瞬。浦井の部屋にあの男が来たよ。昨日アパートをずっとカフェで見張ってた。弁護士だっけ？』

「……やっぱり……」

今朝、家を出るときに瞬は佐生に、浦井の見張りには行かなくていいと再三、念を押したのだったが、佐生は聞く耳を持ってくれなかったということか。

溜め息をつきながらも瞬は、今の情報をまず徳永に伝えねば、と、

「ちょっと待ってろ」

と佐生には伝え、保留にしてから徳永を見やった。

「佐生君か」

「はい。行くなと言ったのにやはり浦井のアパートを見張りに行ってしまったんですが、今、部屋に鮫島が来たそうです」

「鮫島が？」

徳永の眉間《みけん》の縦皺《たてじわ》が一気に深まる。

「手厚すぎますよね。やはり」

「鮫島弁護士の出身大学にも行ってみるか」

徳永はそう告げたあと、

「とにかく、佐生君は家に帰らせてくれ」

と瞬を睨《にら》んだ。

「わかりました」

そもそも、自分が『見張ってくれ』と頼んだのが悪かった。反省しつつ瞬は保留を解くと、電話の向こうの佐生に声をかけた。

「ありがとう。徳永さんにも報告した。徳永さんから、佐生には家に帰ってもらえって」

『やっぱりダメか?』

佐生が残念そうな声を出す。

「危ないって言ったろ」

昨夜も、と瞬が告げたそのとき、電話の向こうで佐生が、

『あっ!』

と声を上げた。

「なんだ、どうした」

驚いた、と瞬が問い返すと佐生が興奮した口調で喋り出す。

『今、二人で出てきた！　あと、つけるか？』

「ちょっと待て」

思わぬ展開に瞬は動揺《どうよう》し、まずは徳永に、と問いかけた。

「鮫島と浦井が一緒にアパートを出たそうです。どうしましょう？」

「なに？」

徳永もまたはっとした顔になったが、すぐ、

「とにかく、佐生君は家に帰らせろ」

と告げ、車のエンジンをかけた。

「あとはつけなくていい。家に帰れ、だって。それじゃあまたあとでな」

緊張を高めつつ瞬はそれだけ言うと電話を切ろうとした。

『ちょっと待てよ、瞬。俺、大丈夫だから』

言い縋《すが》る佐生に瞬は、

「とにかく帰れよ」

と告げ、彼が何を言うより前に電話を切った。

「どこに向かってるんです？」

問いはしたが瞬も答えは予測していた。

「新宿だ」

「西園寺のところに二人は向かう気でしょうか」

「いや……」

と、ここで徳永がハンドルを握りながら軽く首を傾《かし》げる。

「鮫島がついていて浦井を西園寺のところに行かせるだろうか。鮫島は浦井が西園寺をまた狙うことを案じて、彼を見張っていたはずだ」

「……確かに……そうですね」

瞬が頷《うなず》くと徳永は路肩に車を停め、スマートフォンをポケットから取り出し、どこかにかけ始めた。

「?」

誰にかけているのか、と瞬が助手席から横顔を見守っていると、相手が出たようで徳永が笑顔になる。

「すみません、今大丈夫ですか?」

相手の声はよく聞こえないが男のようだ、と、瞬は全身耳にして徳永の電話の相手の声を聞き取ろうとした。と、次の瞬間、徳永の言葉で相手がわかる。

「もしや藤原さん、これから浦井と会う約束をしているのではないですか?」

『えっ』

電話の向こうの藤原は相当驚いたらしく、その声だけははっきりと瞬の耳にも届いた。

「いや、今、浦井と鮫島弁護士が浦井の部屋を出たというので……あ、いや、目的地がわかればいいんです。様子をあとから教えていただけますか」

徳永と藤原の会話はそれから少しの間続いたが、やがて、

「それでは」

と徳永は電話を切ると、車を発進させながら通話の中身を教えてくれた。

「聞こえたと思うが、浦井と鮫島はこれから藤原さんと会う予定だそうだ。藤原さんが面談を申し入れ、浦井が弁護士同席でもよければと、受けたということだった」

「西園寺のところではなかったんですね」

瞬はてっきりそう思ったのだったが、徳永が疑問を持ったとおり、違ったことがわかり、自分はまだまだだ、と反省する。

と、そのとき徳永のスマートフォンに着信があったため、徳永はスマホを瞬に手渡した。

「誰だ？」

「固定電話です。出てみますか？」

「頼む」

この番号は見覚えがあるような、と思いながら瞬は徳永にかわり電話に出た。

「はい」

『あの……S大の山中です』

「あ、山中さん！　すみません、徳永は今運転中ですが、俺……じゃない、私がかわりに伺《うかが》います。徳永に同行していた麻生です」

かけてきたのはなんと、つい先程まで話をしていた山中だった。瞬の勢いがよすぎたのか、山中は引き気味になりながらも、話し始める。

『あの……亡くなった女子学生の名前がわかったので、お知らせしようと思いまして……』

「ありがとうございます！　教えていただけますか？」

瞬は相当大きな声を出していたようで、運転席から横目で徳永が睨んでくる。

『宮崎雪菜《みやざきゆきな》さん、入学は平成×年。亡くなったのは三年生のときでした。それから映画サークルに所属していた人で今、連絡が取れそうな人が見つかりました。西園寺君のお友達で、今は新宿でちょっと名の通ったカフェを経営している三上俊紀《みかみとしのり》さん。店名は……』

山中からの情報に関し、瞬は必死でメモを取った。

『それではまた、何かわかりましたらご連絡します』

瞬の復唱を聞いたあと、山中はどこか安堵《あんど》した声を出し電話を切った。

「三上俊紀に会いに行く。小池に連絡を入れてくれ。二〇××年に亡くなった宮崎雪菜さんについて調べられる限りの情報を集めろと」

「わかりました！」

返事をした瞬に対する徳永のリアクションはいつもどおりの、

「声がでかい！」

ではあったが、「すみません」と謝りながら窺《うかが》った彼の横顔がやる気に溢《あふ》れているものだったこともあり、瞬もまたこれから新たな展開を迎えることになるに違いないという確信のもと、小池に電話をかけ始めたのだった。

西園寺と共に映画サークルをやっていたという三上は運良く店に出ており、徳永と瞬が話を聞きたいというと、事務所に二人を招き応対してくれた。

「Ｓ大の映画研究会。懐かしい話をなんでまた」

三上はいかにも成功者といった雰囲気《ふんいき》の、押し出しの強い長身のイケメンだった。上質なスーツを着用し、身だしなみにも気を配っている様子である。

「お亡くなりになった宮崎雪菜さんについてお伺いしたいのですが」

徳永の問いかけに三上が同情的な表情となる。

「宮崎さん。勿論《もちろん》覚えていますよ。オーディションで西園寺が気に入って主演女優をやらせた子だ。自殺したと聞いて驚きました。原因？　いや、知りません」

「西園寺さんに乱暴されたから、という噂《うわさ》が当時立ったそうですが」

徳永がズバッと核心に迫る。三上のリアクションは、瞬の予想に反するあっけらかんとしたものだった。

「あー。そういやあったね、そんな噂。西園寺のアプローチがわかりやすかったからなあ。彼女確か当時、付き合っていた男がいたというのにさ」

「それってもしかして……っ」

ここで瞬は黙っていられなくなり、スマートフォンで検索し見つけた金髪姿の西園寺と宮崎、そしてその隣に立つ鮫島の写真を見せた。

「懐かしい！　これいつだ？　ああ、彼女がいるから最初の映画を撮ったときの打ち上げか。そうそう、彼女が宮崎雪菜ちゃん。そういや西園寺、金髪だったな。俺は写ってなくてよかった」

三上が懐かしそうに写真を眺める。

「俺も確か髪、染めてたしなあ」

しかもピンクに、と苦笑する三上に瞬は聞きたくてたまらないことを尋ねようとした。が、写真に写る人間を一人ずつ見ていたらしい彼のほうからその答えを与えてくれた。

「そうそう、雪菜の隣に写ってるこの暗そうな男。これが雪菜の彼氏ですよ。確かT大生だったなあ。束縛《そくばく》系彼氏というか、撮影のときには必ず来ていたような……」

T大。確か鮫島はT大卒だった。やはり、と確信を深めた瞬の横から徳永が三上に問いかける。

「名前を覚えていますか？」

「なんていったか……彼、撮影の見学には来るけど俺らサークルの人間とはほとんど交流を持たなかったので、名前までは……」

思い出せない、と首を傾げる三上を前に失望していた瞬だったが、続く彼の言葉に思わず大声を上げていた。

「……雪菜が名前を呼んでた……そうだ、トキオだ。大学とほぼ同じ名前だなんていちいち嫌みだと西園寺が陰で悪口を言ってたっけ」

「トキオ!!」

鮫島の名前は確か『時生《ときお》』だったはずだ、と思い出したがゆえの大声だったのだが、三上を驚かせるには充分で、

「え？　なんですか？」

と、ぎょっとした顔になっている。

「いえ、大変失礼しました」

すかさず徳永が彼に謝罪し、瞬をジロ、と睨む。すみません、と詫《わ》びようとした瞬が口を開くより前に——どうせ謝罪にも瞬が大声を出すのだろうと見越していたためと思われる——徳永が三上に問いかけた。

「五年前、西園寺さんが刺された事件について、何かご本人から聞いたことはないですか？」

「ああ、ありましたね、そんなことが……」

三上が興味の薄そうな顔になる。

「実は卒業してから西園寺には会ってないんですよ。あいつ、薄情でね。我々の頃は就職氷河期で、あいつは親のコネで就職先決まったあとは、内定取り消されたくないって髪も黒く染め直して、ツルんでた仲間と一切かかわり断ったんですよ。俺も卒業まで就職先決まってなかったので切られた一人です」

肩を竦《すく》めた三上に徳永が問いを重ねる。

「今まで、誰かに西園寺さんについて聞かれたことはありませんか？　大学時代の映画サークルのこと等、どういったことでもいいのですが」

「いやあ、ないですねえ。西園寺の名前、久々に聞きましたよ。あいつ、同窓会にも来ないし。まだS不動産でしたっけ、そこに勤めてるんですか？」

三上には逆に西園寺の近況を聞かれ、これ以上のことは聞き出せまいと判断したらしい徳永は笑顔で「そのようです」と答えたあと、

「お忙しい中、ありがとうございました」

と三上に頭を下げた。

「いえいえ。いつでもどうぞ」

ソツがないといおうか、愛想良く頭を下げ返すと三上は、徳永と瞬を事務所から送り出してくれた。

「やはり宮崎雪菜の恋人は鮫島のようだな」

車に乗り込むと徳永は瞬にそう告げたあと、

「あの画像の粗《あら》い写真で、よくわかったな。しかも顔は半分しか写っていなかったというのに」

と感心してみせた。

「雰囲気も大分違う。鮫島は敢《あ》えてイメチェンをしたんだろうか」

「整形もしているかも……」

瞬がそこまで言ったところで彼の携帯が着信に震えた。

「あ、小池さんです」

「宮崎雪菜についてわかったのかもしれないな」

そう告げる徳永に頷き、応対に出る。

「はい、麻生です」

『さっきの件、当時の捜査資料を特能に届けておいたぞ。とはいえ、たいしたことはわからなかった。自殺の原因についても特定はできていない』

途中で気づき、スピーカーフォンにした瞬に、徳永が問いかける。

「関係者の中に鮫島の名がないか、聞いてみてくれ」

『あ、聞こえましたよ。徳永さん。鮫島って鮫島弁護士ですよね？　書いてないですねえ』

徳永の声はよく通るようで、小池が直接、答えを返す。

「そうか。ありがとう」

徳永は礼を言うと、もういい、というように瞬に目で合図をした。

「ありがとうございました」

瞬も礼を言い、電話を切る。

「ひとまず戻って書類を見よう。それから出方を決める。藤原さんからも浦井と会った印象を聞けるかもしれないしな」

徳永は何かを考えている様子でそう言うと、あとはフロントガラスを見つめ口を閉ざした。

「…………」

瞬もまた、フロントガラスの向こうを見つめ思考を巡らせる。

確証は取れていない。が、西園寺がもし、学生時代に宮崎雪菜の死にかかわっていたとしたら、雪菜の恋人と思われる鮫島もまた、彼に対して恨みを抱いていたと考えられる。

これは一体何を意味するというのか。もやもやとした思いを抱えながら、時折ちらと運転席の徳永を見やったが、徳永の視線は前方に向いたままで、彼の頭の中にはどんな考えがあるのか聞いてみたい気持ちを抑えながら瞬は、車が警視庁に到着するまで、自分でも答えを見つけようと必死で考え続けたのだった。

9

その後、徳永と瞬は職場に戻り、小池が届けてくれた宮崎雪菜の自殺についての調書を読み込んだが、小池の言うとおり新たな情報を得ることはできなかった。

午後三時過ぎから夜七時まで、二人は本来の業務である見当たり捜査を新宿西口で行ったのだが、徳永がその場所を選択したのはやはり、西園寺に対する浦井、または鮫島の動向が気になったからだと瞬は察していた。

藤原から連絡が入ったため、午後七時過ぎに二人は、待ち合わせ場所に指定された『新宿のヌシ』の店『Three Friends』へと向かった。

「いらっしゃい」

夜とはいえ早い時間であるためか、店内には藤原と、愛想良く迎えてくれた店主のミトモしかいなかった。

「お呼び立てしてすみません。浦井と鮫島についての報告と、あと、ミトモさんが占い師を調べた結果をお知らせしたほうがいいと思いまして」

藤原がそう言う傍からミトモが、

「座って」

と徳永に声をかけ、カウンターにグラスをトントントン、と三つ並べる。

「もう勤務時間外でしょ。飲んでいきなさいよ」

「そうですね。いつも水ばかりでは申し訳ない」

てっきり断ると思った徳永はそう言ったかと思うと、

「ボトル、入れましょうか」

とミトモに笑顔を向ける。

「まあ、どこかの誰かさんたちと違って本当に払いがいいわ、この人！」

ミトモが嬉しそうな声を上げるのに対し、『どこかの誰かさんたち』の一人なのか、藤原が慌てた様子で口を挟んできた。

「我々のボトルがありますので。まずはそっちからいきましょう」

「りゅーもんちゃんは払いがいいほうよね」

ミトモは彼にも笑顔を向け、カウンターの中で振り返ると棚《たな》に飾るボトルを手に取る。

「この間入れさせたヘネシー、飲んじゃいましょう」

「いやさすがにそれは怒られるかも……」

藤原が怯《おび》えた顔になるのをミトモは完全に無視し、徳永に飲み方を問うた。

「ロック？　ストレート？　水割り？」

「ロックでお願いします。お前はどうする？」

徳永が瞬に問う。

「あ、俺もロックで」

「りゅーもんちゃんもロックよね」

氷を入れたグラスに、どばどばと景気よく酒を注ぐミトモを前に、藤原が、

「ああ……」

と切なげな声を出す。

「それじゃ、かんぱーい！」

明るくグラスを掲《かか》げたあとミトモは、にやりと笑ってこう告げた。

「占い師、調べがついたわよ」

「さすがです」

感心した声を上げる徳永の横で瞬もまた、五年も前のことなのにと同じく感心していた。

「それが仕事ですもの」

ミトモは胸を張ってみせると、身を乗り出し話し始める。

「占いをネタに情報を集める連中じゃないかと、それ専門にしているグループを当たってみたら、依頼を受けたって占い師が見つかったのよ。報酬《ほうしゅう》がずば抜けていたからよく覚えていたって」

「どういう依頼だったんです？」

徳永の問いにミトモが答える。

「対象の女性の話をなんでもいいから聞き出せというものだったって。別れた恋人についてその恋人が今付き合っている相手について。名前がわかれば尚よし、というものだったそうよ」

「依頼者については？」

「名前は明かさなかったって。でも顔は合わせたと言ってたわ。マスクをしていたのではっきりはわからないけれど若い男で、弁護士じゃないかと思ったそうよ。印象として」

「弁護士……」

鮫島だろうか、と思いつつ呟《つぶや》いた瞬の声と徳永の声が重なる。

「ありがとうございます。やはり占い師の目的は西園寺と付き合っている女性について探ることだったようですね」

「そうね。そこは間違いなさそうだわ」

ミトモの返事のあと、今度は藤原が口を開いた。

「浦井さんに会ってきましたが、俺もまだ彼は復讐《ふくしゅう》を諦めていないと感じましたよ。口では『忘れた』と言っていましたが」

「当時のことは聞かれましたか？　なぜ西園寺を妹さんを殺した犯人と思ったかについて」

「聞きましたが、答えはありませんでした。まだそう思っているのかと聞くとやはり『もう忘れた』と」

「鮫島はそのとき、どんな様子でしたか？」

徳永が問うのに藤原が、考え考え答え始める。

「こちらの質問が行きすぎたものである場合、制止すると、取材が始まる前に釘は刺されたんですが、結局、取材中は一言も喋《しゃべ》りませんでした。印象としては彼もまた浦井の心中を探っているように感じましたよ」

「……その鮫島なんですが」

ここで徳永は藤原とミトモに、鮫島もまた西園寺に恨みを抱いている可能性があるという話を伝えた。

「え？　これが鮫島ですか？」

昔の写真も見せたが、藤原は懐疑《かいぎ》的だった。

「今の面影《おもかげ》はないですね。画像も粗《あら》くてよくわからないというか……」

「確定はできないものの、自殺した女子大生の恋人の名前は『トキオ』です。それに彼は人の顔に関しては常人にない能力がありますので間違いないと思います」

『彼』と言ったとき、徳永の手は瞬の背にあった。そうも信頼してくれているとは、と胸を熱くしていた瞬の顔を、ミトモがまじまじと覗《のぞ》き込んでくる。

「最近話題の『忘れない男』ね。見当たり捜査の逮捕率が今年は跳ね上がっているという」

「さすが、よくご存じですね」

徳永がまた感心するのに、

「当たり前でしょ」

とミトモが笑い返す。

「そういうことならこの件についても裏、とってみますよ。鮫島弁護士の過去を洗います。何かわかったら報告しますので」

それじゃあ、と藤原が一万円札をカウンターに置き、スツールを下りる。

「いや、ここは私が」

徳永は止めたが藤原は、

「いや、大丈夫です」

と爽《さわ》やかに笑うと風のように店を出ていってしまった。

「なら、ボトルを入れます。ヘネシーで」

徳永の言葉にミトモが「あらまあ！」と黄色い声を上げる。

「やっぱり金払いがいいわ。徳永さん、これからも贔屓《ひいき》にしてねえ」

そう言ったかと思うとミトモは徳永のグラスと瞬のグラスにドバドバと酒を注ぎ、もしや帰る機を逸したのでは、と瞬は気づくと同時に、それを見越して退場した藤原に、してやられたことにも気づいたのだった。

結局、ミトモの店で散々飲まされることになった瞬が帰宅したのは、深夜近くになってからだった。

「おい、また酒臭《さけくさ》いぞ」

起きて待っていたらしい佐生はクレームを言いながらも、瞬に水を運んできてくれた。

「あのあと結局、浦井と弁護士はタクシーに乗っちゃったので追えなくてさ。諦めて大学の図書館に行ったよ」

「もう明日は行かなくていいからな。お前を巻き込むわけにはいかなくなったから」

藤原の見立てでも、浦井は未だに西園寺を恨んでいる様子だったという。彼がもし西園寺を狙うようなことがあった場合、傍にいれば佐生の身も安全とはいえない、と、徳永から言われ、何がなんでも佐生を止めるようにときつく言われたこともあった。

「巻き込まれるって？　それ聞いたらますます興味湧くじゃないか」

見張りたいよ、と言う佐生に瞬が、

「絶対にダメだから」

と言ったところで、佐生の携帯のメールの着信音が鳴った。

「あ」

画面を見た佐生が、バツの悪そうな顔になる。

「怪しいな。彼女？」

からかうことで話題を変えようとした瞬だったが、佐生が困った顔で答えた名前には、思わずその場で固まってしまった。

「いや……実は真野がしつこくてさ。お前と三人で飲むの、いつにするかって」

「……あー……」

彼女の名前を聞いた瞬間、瞬の記憶がまざまざと蘇《よみがえ》った。

『麻生君、私より背、ちっちゃいじゃん』

鼻で笑っていた真野あかり。告白を冗談ととったのかもしれないが、あのときは充分傷ついた。

子供の頃のことをいつまでも引き摺《ず》るのはおかしいと自分でも思う。それでも顔を思い出すときにそのときの記憶も感情も同時に蘇ってきてしまう、と瞬は目を伏せたのだったが、佐生も黙り込んだのを感じ、慌てて顔を上げた。

「俺は当分忙しいから、二人で会うといいよ」

「いや、その気はないよ。瞬のことは関係なく、なんかあまりしつこいからちょっと引いちゃって」

『関係なく』というのは彼なりの気遣いだとわかるだけに瞬は、

「本当に気にしなくていいからな?」

と佐生に念を押した。

「小学校のときにふられたなんて、俺ももう根に持っちゃいないしさ。それ、相手にバレたほうが恥ずかしいだろうが。お前、真野のこと気に入ってるぽかったじゃん。自分のファーストインプレッションを信じろよ」

「だからお前は関係ないって」

佐生は意地になっているのか、そう返したあとに「にしてもさ」と話題を戻す。

「俺はすぐ忘れるほうだけど、やはり親を殺した犯人は未だに憎いと思うし、そういう恨みみたいな感情は五年くらいじゃなくならないものだよな。やっぱり」

「……うん」

佐生の狙いとしては、話を浦井に戻した上で、『だから明日も見張る』という流れにしたかったとわかりはしたが、瞬が頷《うなず》いてしまったのはその言葉に共感したからだった。

家族だけではなく、大切な存在の命を奪った相手に対する恨み、憎しみを『忘れる』ことなどできないのではないか。

『忘れました……』

やはり浦井の言葉は嘘だ。そしてもしかしたら――。

「だから明日も……」

佐生が調子に乗って、発言をしようとしたのに被《かぶ》せ、瞬は慌てて、

「とにかく、真野あかりのことはもう、気にしなくていいからな」

と話を強引に戻した。

「瞬」

「徳永さんからもきつく言われてるんだよ。頼むから手を引いてくれ。そして真野あかりからは手を引かない。いいな?」

「真野あかりからは手を引きたいし、見張りからは引きたくないよ」

「駄目だって」

言い争いをしながら瞬はふと、今、真野あかりと会ったとき、彼女は昔を思い出すだろうかということを考えた。

こんなことがあったと言ったらさすがに思い出すか。それとも忘れたままなのか。『忘れた』ふりというのもある。が、多分、彼女は本当に忘れているんだろう。そうでなければ瞬と三人で会いたいと、佐生にしつこく頼むわけがない。狙いとしては佐生なんだろうが、と彼を見る。

「なに?　急に熱い視線を送ってきて」

色仕掛けかよ、とふざけて笑う佐生に瞬は、

「有効なら」

と彼もまたふざけて笑い返したあと、

「とにかく駄目だからな」

と言い置き、立ち上がった。

「寝る！　明日も早いから」

「風呂入るか？　中で寝るなよ」

泥酔《でいすい》してるんだから、と心配し、声をかけてくれる佐生に「サンキュ」と礼を言い、自室へと向かう。

忘れることができる人が羨《うらや》ましい。忘却《ぼうきゃく》はときに救いになるのではないか。そう思う瞬の頭に浮かんでいたのは、己の失恋などという些細《ささい》な出来事ではなく、大切な人を失うこととなった浦井と、そして鮫島弁護士の顔だった。


翌日、瞬と徳永はまた、新宿西口で見当たり捜査を行っていた。

徳永が捜査一課長に状況を説明したため、ようやく今日から浦井のアパートに見張りがつくこととなった。

今日の担当は小池とのことで、彼から朝、徳永のところに連絡が入った。

『ようやく上も本気になってくれたようです。とはいえ、浦井がすぐに動くかとなると疑問ではありますが』

さすがに出所後すぐ動くだろうかと、小池は考えたというが、徳永は動くと読んでいるらしい。

瞬もまた、徳永と同じ考えだった。刑務所に入っていた五年という歳月、浦井がもし復讐心を押し殺してきたのだとすると、それを解放できる状態になれば即座に行動に移すのではと考えたのだった。

だからこそ今日もまた、西園寺の勤務先がある新宿で見当たり捜査を行うことにしたのだが、指名手配犯も見つけることができなければ、浦井や鮫島、それに西園寺の姿も見かけないまま、時間は流れた。

夕方、六時近くなったとき、徳永から瞬に電話がかかってきた。業務終了の連絡だろうと思いつつ瞬は応対したのだが、電話の向こうから聞こえる徳永の声に緊迫感が溢《あふ》れていることに気づき、彼もまた緊張を高めた。

『今、小池から連絡があった。浦井が姿をくらましたそうだ』

「えっ」

驚きの声を上げたせいで、周囲の人が何事かというように振り返る。そんな人たちに瞬は慌てて背を向けると、声を潜め電話越しに徳永に指示を仰《あお》いだ。

「我々はどうしましょう。西園寺は駅では見ていないな？　まだ会社にいるかもしれない。向かってみよう』

『西園寺をおさえますか？」

「わかりました」

電話を切ってすぐ、瞬は高層ビル街に向かおうとしたのだが、そのとき彼の視界に見覚えのある若い女性が飛び込んできた。

確か、前に西園寺と一緒にいるところを見た女性だ。彼の部下じゃないか、と思ったときには瞬は彼女に駆け寄っていた。

「すみません、警察の者です。西園寺さんはまだ会社にいらっしゃいますか？」

「えっ」

いきなり声をかけたため女性はぎょっとした顔になった。が、瞬が警察手帳を見せると、

「刑事さん……？」

と訝《いぶか》りながらも問いに答えてくれた。

「はい。部長はまだ社にいましたけど間もなく会社を出る予定です。今日、接待なんです」

「ありがとうございます」

礼を言うと瞬は、その旨《むね》を徳永に伝えることにし、女性に頭を下げた。

「駅で待っていれば会えますかね。お一人ですか?」

それも確かめておこうと、問いかけた瞬に彼女は、

「一人ですが、電車じゃなくて地下の車寄せにタクシーを呼んでいたような……」

と思い出す素振りをしつつそう告げる。

「……!　ありがとうございます!」

礼を言ってスマートフォンを取り出した瞬に、女性は少し迷う素振りをしたあとに、

「あの、そういえば今日、ヘンな電話があったんです」

と口を開いた。

「ヘンな電話?」

徳永に連絡をせねばという焦りを覚えつつも、気になり問い返した瞬に、西園寺の部下と思《おぼ》しき女性が内容を伝え始める。

「西園寺部長と今日の夕方、連絡をとりたいと。何時まで会社にいるかと聞かれて、夜は予定があるが六時まではいるはずだと答えたんですが、社名とお名前を聞き返そうとしたら電話が切れてしまって」

「……それは……」

ドキ、と嫌な感じで瞬の鼓動が高鳴る。顔に緊張が表れてしまったのか、女性もまた青

ざめながら言葉を続けた。

「一応、部長にも伝えたんですけど、心当たりはまったくないと言うんです。それから部長の機嫌が悪くなってしまって……」

「ありがとうございます。参考になりました」

西園寺もまた、気づいたということだろうか。そうだとしたら、と瞬は焦りつつ女性に深く頭を下げると、Sビルに向かいダッシュした。

ビルのエントランスには既に徳永が来ていた。

「どうした」

瞬の表情から何かあったらしいと察してくれたのか、徳永もまた緊張感溢れる顔で問うてくる。

「西園寺の部下らしい女性に途中会ったので聞いたんです。西園寺は今夜接待で、地下の車寄せからタクシーで出かけると」

「地下か……っ」

徳永の顔色がさっと変わり、エレベーターへと向かっていく。

「それに、西園寺の予定を聞いてきた謎の電話があったそうです。その相手にも西園寺が今日の夜、出かけることは伝わってしまっていると」

「怪しいな」

すぐ来たエレベーターに乗り込み、車寄せのある地下二階のボタンを押す。

「五年前、西園寺が狙われたのも地下の車寄せなんだ」

「なんですって!?」

また同じ場所で狙う気か。五年前、果たせなかった復讐《ふくしゅう》を今こそ浦井は果たそうとしているのか。

エレベーターが地下二階に到着し、扉が開く。

「こっちだ」

徳永が駆け出す。そのあとを追って建物の外に出、車寄せに向かおうとした瞬の目に、黒塗りのタクシーに向かって歩いていく、手土産《てみやげ》らしい紙袋を手に提げた西園寺の姿が映った。

「西園寺さん！」

徳永も同時に気づいたらしく、前方の彼に向かい声をかける。

「え？」

西園寺が振り返ったそのとき、コンクリートの柱の陰から一つの影が飛び出し、彼へと向かっていった。

「あれは!!」

ナイフを握った手を前に突き出し、西園寺に向かっていたのは間違いなく浦井だった。

「西園寺――っ」

浦井の恨みの籠《こ》もった怒声が、地下車寄せに響き渡る。間に合わないか、と瞬が焦って走る中、徳永もまた浦井に向かって声を張り上げる。

「浦井！　やめるんだ！」

と、そのとき、前方の、外へと向かう車道を一人の男が駆け下りてきたかと思うと、両手を広げ、西園寺の前に立ちはだかった。

「あ！」

あれは、と瞬が上げた声と、その男が叫んだ声が重なって響く。

「浦井君、違う！　西園寺は犯人じゃない！」

「……鮫島……さん……？」

浦井が彼の――鮫島の名を呼び、立ち尽くす。

「違うんだ。西園寺は犯人じゃない。西園寺を恨んでいるのは僕なんだ……っ」

叫んだ鮫島が立ち尽くす西園寺を振り返る。

「な、なんだと!?」

それでようやく我に返ったらしい西園寺が声を上げる。徳永と瞬、二人が駆け寄る中、鮫島が西園寺に向かい叫んだ。

「雪菜を殺したのはお前だ！　俺はずっとお前を恨んでいたんだ！　殺したいほど……っ」

「ゆきな？　ゆきなって誰だ」

西園寺は本気でわからないようで、訝しげな顔で鮫島に問いかける。

「貴様……っ」

その瞬間、悪鬼のごとき表情となった鮫島が西園寺に飛びかかろうとするのを、徳永が素早く押さえ込みつつ、瞬に指示を出した。

「何してる！　ナイフを！」

「……っ」

あまりに予想外の展開に、立ち尽くしてしまっていた自分が情けない、と瞬は、やはりわけがわからないといった顔で立ち尽くしていた浦井に駆け寄り、彼の手からナイフを奪った。

「あ…………」

それでようやく浦井も我に返ったらしいが、彼の視線は徳永が押さえ込む鮫島へと注がれていた。

「忘れたのか！　なぜ、忘れることができるんだ！　お前が殺した子だぞ！」

鮫島は普段の、端正な様子をすっかりなくしていた。髪は乱れ、顔は歪み、吐き捨てるような口調で西園寺に向かい叫んでいる。

「なんなんだ、こいつは。鮫島って浦井の弁護士か？　いきなりやってきて、何を言ってるんだ」

西園寺が不快そうに言い捨て、徳永と瞬を睨《にら》む。

「お前ら警察だよな。早く逮捕して連れていってくれ。接待に遅れるだろう」

「接待は諦めてください。あなたもご同行願います」

徳永は淡々とそう言うと、瞬を振り返り頷《うなず》いた。

「あ」

瞬は慌ててポケットからスマートフォンを取り出し、小池にかけ始める。

しまった、逃げられるかも、と電話をしながら瞬は焦って浦井を振り返った。彼に手《て》錠《じょう》をかけたほうがいいだろうかと思ったのだが、浦井は瞬と目が合うと、首を横に振ってみせた。

「逃げません。まずは事情が知りたいので……」

言いながら視線を鮫島に向ける。彼の瞳が酷《ひど》く潤んでいるのが気になりはしたものの、瞬は応対に出た小池にすぐ来てほしい旨《むね》を伝えると、電話を切り、浦井の腕を摑《つか》んだ。

「………」

浦井は何か言いたげな顔になったが——おそらく『逃げない』といったことかと思われた——無言のまま、瞬に促されるようにして徳永と、彼に押さえ込まれている鮫島の近くへと向かった。

「俺は完全な被害者だろう？　証言はするさ。大事な接待なんだ。接待が終わってからにしてもらおう」

横柄《おうへい》な態度で言い放つと西園寺は車に乗ろうとする。

「出すな」

徳永に言われ、瞬が運転手に警察手帳を見せると、運転手は怯《おび》えた顔になりつつ、エンジンを切った。

「一体なんなんだ！」

西園寺が怒声を張り上げる。

「宮崎雪菜さん。大学生のときにお前が強姦《ごうかん》したせいで自殺した女子学生の名前だ。本気で忘れたのか？」

そんな彼に向かい、徳永が凜《りん》と響く声で告げた言葉を聞いた瞬間、彼の腕の中で鮫島は身体《からだ》を強張《こわば》らせたあと、がっくりと項垂《うなだ》れた。

「……っ」

一方西園寺もまた、はっとした顔になったが、すぐに彼はまた、怒声を張り上げ始めた。

「言いがかりだ。そんな事実はない！　ただの噂《うわさ》だ！　強姦なんてするわけがない！　あれは合意の上だった！」

「黙れ。そのあとは警察で話を聞く」

徳永が厳しい声を出し、西園寺の喚《わめ》き声を遮《さえぎ》る。

「弁護士を呼ぶ。俺は何も知らない。巻き込まれただけだ」

それでも西園寺が喚き続ける中、パトカーのサイレン音が次第に近づいてくる。

「……鮫島さん……」

浦井が鮫島に呼びかける。鮫島は相変わらず徳永に羽交《はが》い締《じ》めにされていたが、浦井を振り返ると、

「……ごめん……」

と詫《わ》び、また、がっくりと項垂れてみせたあとには、パトカーが到着するまでの間、一言も喋《しゃべ》らずにいたのだった。

10

鮫島の取り調べには徳永が当たることになり、瞬はその様子をマジックミラーの向こうの別室で聞いていた。どうせなら書記を務めるかと斉藤捜査一課長には言ってもらえたのだが、徳永から、驚きの声を上げて供述を中断させることになる危険が高い、と別室に追いやられたのである。

瞬としてもゆっくり話を聞くことができてありがたくはあったものの、徳永から信用されていないことは情けなく、もっと精進《しょうじん》せねば、と己を律したのだった。

「……驚きました。徳永さんが雪菜の名を出したのには……」

鮫島はどこかさばさばした顔をしていた。ずっと抱えていた秘密をようやく明かせるからか、と瞬が見守る中、徳永が鮫島に問いを発した。

「浦井さんに、西園寺が妹さんを殺したと思い込ませたのはあなたですね？」

「……はい」

鮫島が頷く。その後、取調室内には暫《しば》し沈黙が訪れた。

「うまくいくかいかないか……気持ちは半々でした」

やがてぽつ、ぽつ、と鮫島が、問われるより前に語り出した。

「……雪菜は西園寺に犯されたことを苦にして亡くなりました。西園寺は父親に頼み、彼女の両親に多額の金を積んだと聞いていますし、裏付けもとりました。彼女が暴行されたと、両親は一旦は警察に訴えたんですが、すぐに訴えを取り下げた。彼女の両親が僕に、もう騒がないでほしいと頼み込んできたことでわかったんです」

はあ、と鮫島が深い溜め息を漏《も》らす。

「……僕が法曹《ほうそう》を目指したのはそれからでした。同時に僕は常に西園寺を見張るようになりました。毎日見張り続けたんです。何か彼が罪を犯しそうになったときに、すかさず通報しようと思って。なので彼が有名代議士の娘と結婚することも、それを理由にそれまでの恋人と別れようとしていることも知っていましたし、実際の理由が新しい恋人ができたからだということも知っていました。あらゆる手をつかって西園寺の私生活を調べ上げました。法に触れるぎりぎりのことをして……いや、触れていたものもあったかもしれない」

「占い師を雇う……とか？」

徳永がここで問いを挟む。

「……本当に何もかも、ご存じですね」

鮫島は驚いた顔になったが、すぐ、

「だから僕はここにいるわけか」

ぽつりとそう呟《つぶや》くと俯《うつむ》き、供述を再開した。

「そういったわけで、西園寺が浦井美貴さんと不倫《ふりん》関係にあることは突き止めていたんです。探偵を雇って証拠写真も入手しました。とはいえそれをどうこうするつもりはそのときはまだなかった。効果的な使い方があれば使おう、くらいのことしか考えていませんでした。だから本当に驚いたのです。美貴さんが殺されたときには」

鮫島はここで顔を上げると、徳永をまじまじと見つめた。徳永もまた、鮫島を見つめ返す。

「……浦井さんとコンタクトを取ったのはいつだ？」

話し出す気配のない鮫島に、徳永が問いを発する。

「……新宿駅で浦井さんがビラを配っていたのを偶然、受け取りました。酷く思い詰めた顔をしていた彼を気の毒に思うと同時に僕は、彼を上手《うま》く使えば西園寺を社会的に抹殺《まっさつ》できるのではないかと……考えてしまったのです」

鮫島はそう言うと、また、はあ、と深い溜め息をつき、項垂《うなだ》れた。

「『社会的に』？」

徳永が聞き咎《とが》め、問いかける。

「信じてもらえないかもしれませんが、本当です。物理的に殺させたいとまでは願っていませんでした。駅前でビラを配る浦井さんには同情が集まり、支援者も増えつつありました。そんな彼に、美貴さんと不倫の関係にあった西園寺に犯人の疑いがあると知らせればきっと世間的に騒ぎとなる。西園寺の親が火消しに走ろうが、美貴さんの事件がセンセーショナルだっただけに、マスコミは間違いなく話題にするでしょう。それを狙い、匿名《とくめい》で浦井さんに、探偵の撮った美貴さんと西園寺の密会現場の写真を送ったのです。西園寺は妻に不倫関係が知られるのを恐れている。西園寺が美貴さんを殺したのではないかという手紙を添えて」

ここまで話すと鮫島は、徳永に向かって身を乗り出し、訴える口調となり喋り続けた。

「嘘ではありません。この時点では本当に僕は、西園寺を社会的に抹殺できればいいと願っていたんです。僕のかわりに浦井君に西園寺を殺してもらおうなどとは考えてもいなかった。まさか……まさか彼がナイフを振るうなんて、本当に……本当に予想もしていなかったんです……っ」

「…………」

徳永は無言で鮫島を見つめていた。

「信じてください。本当なんです」

鮫島が、自分を冷めた目で見つめる徳永に向かい、更に身を乗り出す。

「殺人教唆《きょうさ》ではないと、言いたいんですか？」

だが徳永が厳しい眼差《まなざ》しでそう問うと、はっと我に返った顔になり、激しく首を横に振った。

「違います。今更、自分の罪を軽くしようとは思っていません。ただ……」

『ただ』と言ったあと、鮫島はどこか呆然《ぼうぜん》とした顔になり、また、暫《しばら》く黙り込んだ。

「『ただ』、なんです？」

徳永は相変わらず厳しい目で鮫島を見据えながら、問いを発する。

「……そこまで、酷い人間ではないと主張したかったんですかね、僕は」

鮫島が身を引き、椅子《いす》の背に身体を預ける。

「充分酷い人間なのに……。浦井さんの人生を狂わせたのは僕だ。言い訳などできようはずもない。僕が画策などしなければ浦井さんが罪を犯すことはなかった。今更、何を言ってるんでしょうかね……」

ははは、と鮫島は笑ったが、すぐに表情を引き締めると、徳永に向かい深く頭を下げた。

「浦井さんが罪を犯したのは僕の責任です。罪滅ぼしにもならないとはわかっていましたが、彼の弁護を引き受けたのも、罪悪感というか負い目というか、そういう感情からでした。服役中もずっと浦井さんと連絡を取り合っていたのは、彼の西園寺に対する恨みが消えていないと感じていたからです。なぜ、彼は未だに犯人を西園寺と思い込んでいるのか。最初に西園寺が犯人だと思い込ませたのは僕ですが、その後、動かしようのないアリバイが成立していると警察からも僕からも散々説明したというのに、なぜ聞く耳を持ってくれないのか。僕には理解できませんでしたが、放ってはおけないと思いました」

「それで出所後、浦井さんを見張っていた」

徳永の言葉に鮫島は「はい」と頷《うなず》いた。

「出所後も、西園寺は美貴さん殺しの犯人にはなり得ないと、何度も説明しました。浦井さんは僕には『そうですね』と答えますが、彼が西園寺を狙っているのは目を見ればわかりました。どうすればいいのかわからなかった。自分の蒔《ま》いた種だと、身体を張って西園寺を護るしかなくなりました」

不本意ですが、と俯いた鮫島に、徳永の厳しい指摘が飛ぶ。

「どうすればいいかって、打ち明ければよかっただけではないですか？　すべてあなたが画策したことだと。そうすればさすがに浦井さんの目も覚めたでしょうに」

「それは……」

鮫島は何かを言いかけたが、すぐ、

「……そのとおりです」

と頷いた。

「でも……勇気がなかった。いや……勇気なのか。保身なのか。保身ですね。保身以外の何ものでもない」

「そうですね」

徳永はどこまでも厳しかった。きっぱりとそう言い切ると、今度は彼のほうが鮫島に対して身を乗り出し、糾弾《きゅうだん》し始める。

「あなたがやったことは、自分は安全なところに身を置いた状態で他人に復讐《ふくしゅう》の肩代わりをさせるという、非常に卑怯《ひきょう》な行為だ。浦井さんの人生をめちゃくちゃにしただけではなく、彼が誤った道を選ぼうとしているのをいつでも正すことができたというのにそれをしなかった。あなたが一番、浦井さんの気持ちを理解できたんじゃないですか？　大切な人の命を理不尽に奪われたあなたなら！」

「………本当に…………その……とおりです」

徳永の前で鮫島が机に突っ伏す。

「僕は……本当に……本当に取り返しのつかないことを……っ」

してしまった、と嗚咽《おえつ》する鮫島を徳永は厳しい目で見つめていた。そんな彼を別室で眺める瞬の胸には、おそらく徳永が感じているであろう憤《いきどお》りが生じていたのだった。

鮫島の取り調べを終えると徳永は瞬を伴《ともな》い、別室に留め置いていた浦井のもとへと向かった。

浦井に徳永は、鮫島が彼に対して行ったことをつぶさに伝えたのだが、瞬が見る限り浦井の反応は薄く、

「そうですか」

の一言しか、彼は発しなかった。

「西園寺さんは被害届けを出さないと言っていましたので、このままお帰りいただけます」

徳永もまた違和感を覚えているようで、そう言い、浦井の顔を覗《のぞ》き込む。

「……騒ぎになりたくないってことでしょうね」

浦井は、ぽつ、とそう言うと、はじめて顔を上げ、徳永を見やった。

「聞いてもいいですか？」

「何をでしょう？」

徳永が彼の視線をしっかり受け止めた上で問い返す。

「鮫島先生は逮捕されますか？　僕も西園寺同様、被害届けを出す気はないんですけど」

「えっ」

なぜ、と驚いたせいで瞬は思わず高い声を上げてしまった。直後に机の下で足を蹴《け》られ、慌てて口を閉ざす。

「鮫島弁護士について、思うところはないということですか？」

徳永の声が硬いのはおそらく、未だ、浦井の胸の中には西園寺に対する恨みの念があるのでは、と案じていたからではないかと瞬は思った。

そうだとしたら彼はまた西園寺を狙いかねない。緊張を高めていた瞬の前で、浦井が首を横に振る。

「……気の毒だと思います」

「ええっ」

思いもかけない答えに、また声を上げてしまった瞬の足を、徳永が蹴る。

「痛っ」

「意外ですか？」

瞬を見て、浦井は、くす、と笑ったが、徳永が、

「意外です」

と頷くと、少し考える素振りをした。

「別に刑事さんが嘘を言っているると思っているわけじゃないんです。鮫島先生が僕を騙《だま》していたことは理解できています」

暫《しばら》くして口を開いた浦井の表情には、怒りや恨みといったマイナス感情は浮かんでいなかった。

「でも……」

ここで彼が顔を上げ、徳永を真っ直ぐに見返す。

「『でも』？」

何を言おうとしているのか。徳永と共に緊張を漲《みなぎ》らせていた瞬は、続く浦井の言葉に衝撃を受け、声を失うこととなった。

「……でも、感謝しているんです。誇張でもなんでもなく。だって美貴を殺した犯人はま

だ逮捕されちゃいない。あんなむごたらしい殺され方をしたというのに、犯人がわからなければ、誰を恨んでいいかもわからないんですよ」

浦井がここで、瞬同様、声を失っていた徳永を見据え、口を開く。

「恨む相手を与えてくれた、鮫島先生には感謝しかないです。誰を恨んでいいかわからない状態だった頃は本当に頭がおかしくなりそうだった。今、僕が正気を保っていられるのは鮫島先生のおかげです。先生がいなければ僕は今頃、やり場のない怒りをぶつけるためにテロでも起こしていたんじゃないかと思います」

恨む相手がほしかった。浦井が西園寺を犯人と思い込んでいたのはそうした理由だったのか——彼の話を聞きながら瞬はようやく、なぜ浦井が、どれほど警察や鮫島が『アリバイが成立しているので犯人にはなり得ない』と言葉を尽くしても、聞く耳を持たなかったのか、その理由を察することができたのだった。

「……浦井さん……」

おそらく、同じ事を考えていたであろう徳永が彼に呼びかける。浦井は、徳永に真摯《しんし》な瞳を向けると一言、

「美貴を殺した犯人、必ず逮捕してください」

と頭を下げた。

「必ず……必ず逮捕いたします」

徳永もまた真摯な瞳で答え、きっぱりと頷いてみせる。

「よろしくお願いいたします」

浦井もまた、徳永に頭を下げたあと、ふっと笑うと、独り言のような口調で言葉を続けた。

「俺もまた、ビラを配ろうと思います。目撃情報を求めて。今度こそ、妹を殺した犯人に繋《つな》がるように」

「……我々も決して、諦めたわけではありませんので」

徳永の言葉に浦井が微笑《ほほえ》む。彼はもう、西園寺を狙うことはないだろう。彼のためにも、妹を殺した犯人を逮捕せねば。警察官なら誰もが抱くであろう使命に燃えていた瞬の横で徳永は浦井に対して深く頭を下げ、それを見た瞬もまた彼に倣《なら》い、深い責任を感じながら頭を下げたのだった。


その夜、徳永は、佐生に事情を説明したいと言い、ワイン持参で瞬の家を訪れた。

「徳永さん直々に説明してもらうだなんて、申し訳なさすぎます」

恐縮しきっていた佐生だったが、酒が進むにつれ遠慮《えんりょ》は消え、瞬が気づいていなかったような疑問を次々徳永にぶつけていった。

「浦井はなぜ、西園寺を犯人と指摘する手紙のことを誰にも明かさなかったんでしょう」

「妹さんが不倫《ふりん》をしていたことが明るみに出るのを避けたんじゃないかと思うよ」

「なるほど」

佐生は頷くと更に問いを重ねる。

「西園寺がＤＮＡ鑑定を断った理由ってなんだったんでしょう？」

「鮫島弁護士の恋人だった宮崎雪菜さんが自殺した際、彼女が暴行されたという訴えが一旦警察になされている。己のＤＮＡが雪菜さんの体内から採取されているのではと、西園寺は案じたんだろう」

「そういうことか」

徳永の答えに佐生が納得し、更に問いを重ねようとしたとき、徳永の携帯に着信があったようで、

「ちょっと失礼」

と断ったあとに彼は応答に出た。

「え……？　わかりました、すぐ戻ります」

緊迫感のある声で応対をした彼が電話を切ったあと、瞬は、

「どうしたんです？」

と問いかけたのだが、返ってきた答えには驚きよりも喜びが勝り、思わず高い声を上げてしまっていた。

「今、取り調べ中の暴行殺人犯が、過去の罪状を供述し始めているというのだが、その中に浦井美貴さんも含まれているという連絡だった」

「犯人、見つかったってことですね!!」

「ああ」

頷く徳永はどこか、呆然《ぼうぜん》としているように見えた。

「このタイミングで逮捕とは……」

「……不思議なものですね」

単純に喜んでいるのは瞬だけで、佐生もまた、なんともいえない表情を浮かべている。

「きっと美貴さんの魂がお兄さんのために犯人を見つけてくれたんだよ」

それしか考えられない、と、告げた瞬を前に、徳永と佐生は一瞬顔を見合わせたあと、やれやれ、というように溜め息をつき、それぞれ俯《うつむ》いた。

「なんだよ」

「いや、お前くらい単純だと、悩みがなさそうだなと思って」

「どういう意味だよ」

佐生の返事に瞬が絡んでいる間に、徳永は上着を身に着け、コートと鞄《かばん》を手にしていた。

「俺も取り調べに同席させてもらうことにしたのでこれで失礼する」

「あ、俺も行きます！」

瞬もまた慌てて立ち上がろうとしたが、徳永は許可してくれなかった。

「そんな赤い顔で来る気か」

「…………」

同じくらいの量のアルコールを摂取《せっしゅ》しているはずなのに、確かに徳永はまったく顔に出ていない。それに引き換え、と、瞬は両掌《りょうてのひら》で自分の頰《ほお》を包み、酷《ひど》く火照《ほて》っている自覚を改めて持った。

「明日、詳細を話してやる。それじゃあな」

徳永がきびきびとした態度で玄関へと向かっていく。

「おい」

佐生が慌ててあとを追うのに、瞬も、徳永を見送らなければ、と焦って佐生の背を追った。

「いろいろありがとうございました。あ、ワインもごちそうさまです」

佐生が礼を言うのに徳永は、

「こちらこそ、色々とありがとう」

と笑顔になったが、すぐ、真面目《まじめ》な表情となり釘を刺してきた。

「今回はこちらから頼んだとはいえ、今後は危険なことには首を突っ込まないように。いいね？」

「すみません。もう、やりませんから」

頭を掻《か》く佐生の横で、彼に浦井の見張りを頼んだ張本人《ちょうほんにん》である瞬は、徳永に謝罪せねば、と深く頭を下げた。

「申し訳ありませんでしたっ」

「酔うと一段と声がでかくなるな」

やれやれ、というように徳永は呆《あき》れてみせたあと、

「また明日」

と笑顔になり、ドアから出ていった。

「あーあ」

今回自分は、なんの役にも立たなかったような、と落ち込む瞬の口から思わず溜め息が漏《も》れる。

「どうした?」

本当に声、でかくなるな、と佐生が笑いながら問うてきたのに瞬は、

「いやあ……」

泣き言を言うのもな、と言い淀《よど》んだものの、やはり我慢できずについ、愚痴《ぐち》っぽい言葉を告げてしまった。

「俺もまだまだだなと思って」

「まさか徳永さんと比べてんの? 当たり前じゃないか」

佐生にあからさまに呆れられ、羞恥《しゅうち》が募《つの》る。

「別に徳永さんと比べているわけじゃないよ。レベルも能力も段違いってわかってるし」

「人は人。今回だってお前ちゃんと役に立ってたじゃん。あれだけ印象が違う鮫島弁護士の若い頃の顔、見つけたのはお前なんだしさ。人の顔の認識に関する能力については胸張っていいんじゃないの?」

自分の発言で瞬が傷ついたと思ったようで、佐生が慌ててフォローしてくる。優しさに感謝しつつ瞬は、

「まあ、頑張るしかないよな」

とここで話を切り上げると、敢《あ》えて話題を変えることにした。

「そういやどうした？　真野あかり。あれから連絡とった？」

「それがさ」

リビングダイニングへと戻りながら佐生が苦笑する。

「医師免許は取るつもりだけど、叔父《おじ》さんの病院を継ぐ予定はないって言ったら、その後ぷっつりと連絡が途絶えたよ」

「なんだそれ」

佐生の叔父はかなり大きな病院を経営している。まさかそれが狙いだったのか、と瞬は呆れたあまり大きな声で突っ込みを入れてしまった。

「院長夫人になれないのなら、俺ごときには興味がないってことなんだろう。さすが、小学生のお前を手ひどくふっただけのことはあるなと思ったよ」

佐生もまた肩を竦《すく》めてみせたが、落胆《らくたん》の色は隠せていない。

「まあ、飲もうぜ」

「そうだな」

ダイニングテーブルに再びつくと、それぞれのグラスをワインで満たし、乾杯する。

「大丈夫。俺はすぐ、忘れるからさ」

精一杯の強がりを言う佐生を前にする瞬の頭に、浦井と鮫島の顔が次々浮かぶ。

彼らが悲しみや恨みを忘れることはないだろう。だが癒《いや》される日は来るといい。心からそう願いながら瞬は、

「まあ、飲めよ」

とまずは目の前の友の忘却《ぼうきやく》に力を貸そうと、彼のグラスにワインを注ぎ足してやったのだった。

※この作品はフィクションです。実在の人物・団体・事件などにはいっさい関係ありません。

集英社オレンジ文庫をお買い上げいただき、ありがとうございます。
ご意見・ご感想をお待ちしております。

●あて先
〒101-8050　東京都千代田区一ツ橋2-5-10
集英社オレンジ文庫編集部 気付
愁堂れな先生

諦めない男
～警視庁特殊能力係～

集英社
オレンジ文庫

2020年3月24日　第1刷発行
2021年6月19日　第4刷発行

著　者　愁堂れな
発行者　北畠輝幸
発行所　株式会社集英社
〒101-8050東京都千代田区一ツ橋2-5-10
電話【編集部】03-3230-6352
【読者係】03-3230-6080
【販売部】03-3230-6393（書店専用）
印刷所　凸版印刷株式会社

ISBN 978-4-08-680310-6 C0193

集英社オレンジ文庫

新樫 樹

カフェ古街《こまち》のウソつきな魔法使い

なくした物語の続き、はじめます

人が吐《つ》いたウソがわかるせいで
心を閉ざしがちなカフェ店員の万結。
職場のカフェにはさまざまな
“ウソつき”たちがやってきて…。

夜《よる》野《の》せせり

星名くんは甘くない

〜いちごサンドは初恋の味〜

憧れの店長がいるカフェでバイトしたい
高1の小鳥。だがその店はクラスメイト
星名新の麗しき兄弟が営むカフェだった!
めでたくお試し採用となるが、
イケメンに囲まれドキドキの毎日で…!?

集英社オレンジ文庫

辻村七子

宝石商リチャード氏の謎鑑定

シリーズ

①宝石商リチャード氏の謎鑑定

大学生の正義は、美貌の宝石商リチャードの店でバイトすることに…。

②エメラルドは踊る

死んだバレリーナの呪いがかかったというネックレスの真実とは!?

③天使のアクアマリン

オークションへ代理出席。そこにリチャードの過去を知る男が…！

④導きのラピスラズリ

突然姿を消したリチャードを追って、正義は一路イギリスへ向かう…。

⑤祝福のペリドット

就職活動に苦戦する正義の迷走がリチャードに感動の再会をもたらす!?

⑥転生のタンザナイト

実父が現れ、密かに店を辞める決意をする正義。その時リチャードは!?

⑦紅宝石《ルビー》の女王と裏切りの海

突然届いた一通のメールが、正義を豪華客船クルーズへ導く——！

⑧夏の庭と黄金《ドール》の愛

正義に会いたいというリチャードの母のために、2人は南仏へ…。

⑨邂逅の珊瑚《サーンウー》

スリランカ、日本、香港——各地を飛び回った正義が得た答えとは。